ゆめ姫事件帖

和田はつ子

時代小説文庫

角川春樹事務所

目次

第一話　ゆめ姫が幽霊に出会う

一

将軍家の末姫で娘盛りのゆめ姫《ひめ》はこのところ眠りが浅く、起きている時でも疲れやすかった。体調が優れない。

日中、うたた寝をしてしまうし、夢ばかり見る。

中にはこの世に起きたかのように思い出すことができる、鮮烈な印象の夢もあった。これはそんな夢の一つである。

夢の中で、ゆめ姫は昔話を聞いていた。語っているのは、見知らぬ白髪の老婆である。

「むかしむかし、あるところに長者がおってな、長者には綺麗《きれい》な三人の娘がいて、ある年、日照りが続いて田畑が干上がりかけた時、一匹の大きな蛇が長者の前に現れたそうな。何と、蛇は山奥にある大きな池の主だったと――」

「存じていますわ、龍神《りゅうじん》様のお話でしょう」

姫は幼子ではない。

「たしか、龍神様は雨を降らせて日照りから村を救う代わりに、娘の一人を嫁にと望むのでしたね」

聞こえているのかいないのか、老婆は先を続けた。

「長者は雨さえ降らせてくれるなら、娘をやると大蛇に約束したと。すると、一天にわかに掻《か》き曇り雨が降ってきた。村は助かり、田畑はよく実ったそうな。だが、娘の一人はどうしても大蛇に嫁がねばならん。泣く泣く末の娘が機織り道具を持って、大蛇に嫁いで行ったそうな」

そこで夢は途切れ、目を覚ました姫はいつもそばに控えている、姫付き中臈《ちゅうろう》の藤尾《ふじお》にこの話をした。

藤尾は市中の羊羹《ようかん》屋の娘で行儀見習いのつもりで大奥へ上がり、陰日向《かげひなた》のない働きぶりを大奥総取締役の浦路《うらじ》に見込まれてゆめ姫付きになった。本来は大身旗本の子女が務めるお役であるので異例の大出世である。

目鼻立ちがはっきりしていて、すらりと姿のいいゆめ姫とは対照的に、小柄な藤尾は丸顔の造作までちまちましている。

「両親《ふたおや》が〝可哀想《かわいそう》にこの娘はそこそこ利口者だが、器量では良縁は望めない。かといって、それを補う財もうちにはないし、近々、器量好《よ》しの姉さんが婿を取るから、もう帰るところはないと覚悟して、大奥でしっかりお勤めするんですよ〟って言われて実家《さと》を出たのです」

いつだったか、藤尾はさばさばとした口調で身の上話を聞かせてくれて、

「ちょっと悲しかったけど、両親にそこまで言われると、何だかすっきりしました。わたくしを見込んでくださった浦路様に感謝しています」

小さく細い目がすっと溶けてしまったかのように見える笑顔で話を締め括《くく》った。

その藤尾が夢の話に応《こた》えた。

「それはよく知られている、安八《あんぱち》太夫安次《やすつぐ》の夜叉《やしゃ》が池《いけ》伝説ですね」

「そうなのだけれど──」

「また、暗い顔をなさっていますよ」

「だって、龍神様なんていう怖い相手に嫁ぐ娘さんのお話なのですもの」

「わたくしは縁起のいい夢だと思います。嫁いでいく長者の娘は末娘、ゆめ姫様も末姫様ですもの。これはきっと、東照神君（徳川家康）のお告げかもわかりません」

「では龍神様はどなたなの？」

「その先は御容赦を。いくらわたくしがおしゃべりでも口にするのは憚《はばか》られます。ここからはどうか、浦路様とお話しくださいませ」

姫の部屋を下がった藤尾と入れ替わりに、大奥総取締役の浦路がしずしずと入ってきた。打《う》ち掛《か》けを引いて歩く浦路の姿は威厳に満ちている。すっきりと伸びた首と肩に一部の

隙《すき》も見られず、多忙をものともせずにこなしているというのに、いつ見ても疲れを知らない顔のように見せている。

これは常に怠らない化粧直しの賜《たまもの》であり、あまりに完璧《かんぺき》な武装ぶりに、いったい、あの怪女はいつ眠るのか？　などと噂《うわさ》されていた。

男たちが政務に励む表向きや中奥あたりの手痛い陰口には、〝大奥の浦路様は人ではない、虎《とら》の間の襖絵《ふすまえ》から抜け出てきた大虎の化身に違いない。虎は夜眠らずに狩りをするというぞ、くわばら、くわばら〟という戯《ざ》れ言《ごと》まであった。

将軍の世継ぎを生み、守り育てる大奥は、徳川家の御代《みよ》を存続させるための大きな役目を担っている。そして、大奥の長である総取締役は、将軍との接触も多い影の権力者であった。

「失礼いたします」

入ってきた浦路は、朝顔を一輪、手にしている。

「まだ、庭の朝顔が開いておりました。活けさせていただきます」

一輪挿しに、濃紫色の朝顔が気品高く収まった。

「まあ、典雅なこと。前に一橋《ひとつばし》の慶斉《よしなり》様から、朝顔と茶の心について教えを乞《こ》うたことを思い出しました。〝花は野にあるように〟と。これは千利休という、たいそうご立派な茶人のお言葉だと――。利休様は、時の天下人、太閤《たいこう》秀吉殿下を招かれた朝顔の茶会で、庭にあった朝顔をことごとく引き抜き、たった一輪の朝顔を茶室に飾り、これぞ茶の心であると示されたと、これもまた、慶斉様から伺いました」

ゆめ姫は微笑《ほほえ》みを絶やさず、浦路が好みそうな慶斉にまつわる話をした。

御三卿《ごさんきょう》の一人、一橋慶斉はゆめ姫の許婚《いいなずけ》である。

ゆめ姫十歳、慶斉十七歳の時に正式に婚約の儀を取り交わしている。

——おやおや、ゆめ姫様にしては愛想がよろしいこと。いつもはこちらからお名を出さねばお口になさらない、慶斉様のことまで御自分から——。油断大敵、ゆめゆめ躱《かわ》されてはなりませぬぞ——

浦路はゆめ姫に勝るとも劣らぬ満面の笑顔で、さらに気を引き締めた。

「どうか、姫様、わたくしにお気遣いなく。茶の湯の好きなわたくしの機嫌を取ろうとして、朝顔やら千利休やらを引き合いに出されても、無駄でございますよ」

浦路はわざと笑顔を消してみせた。

「それでは、浦路、なにゆえ、藤尾に代わってここにいるのです？」

ゆめ姫の顔からも微笑みが消えた。

「それでこそ、わがゆめ姫様、聞き慣れた姫様らしい物言い、ほっと安心いたしました」

浦路は心の中でにやりとして、

「もう、わたくしに切り口上な物言いをなさるゆめ姫様は、この世においでにならないのではないかと、密《ひそ》かに案じ、寂しくも思っておりました。何より、姫様には、その物言いがお似合いです」

――しまった――

ゆめ姫は浦路に先手を取られたと感じた。だがもう引き返せない。

やや自棄《やけ》になって、

「浦路こそ、回りくどいぞ、何用か、はっきり申せ」

「はい。では申します。そろそろ、姫様は一橋慶斉様のところへお輿入《こしい》れなさらなくてはなりません」

――藤尾が仄《ほの》めかしていた龍神様とは慶斉様のことなのね――

ゆめ姫はこの許婚が嫌いではないのだが、輿入れ、輿入れと急《せ》かせる周囲にいささかうんざりしていた。

「その話は一月前《ひとつきまえ》に終わっているはず」

「まだ早い、心の準備が出来ていないというのは言い訳です。姫様は今が盛りの花のようにお美しく、文武両道の慶斉様は、京の公達《きんだち》にも劣らぬ美丈夫であられます。これ以上、お似合いのお二方はおられません。一橋家はもとより、上様もわたくしどもも、一刻も早い華燭《かしょく》の典を待ち望んでいるのです」

「ほんとうにそうなのか？」

ゆめ姫は浦路をやや強い目で見据えて、

「慶斉様はほんとうにわらわを一生を共にできる相手と思ってくださっているのか？」

「呆《あき》れたことを。当たり前ではございませんか？　姫様と慶斉様は許婚同士とあって、今までも折あるごとにお会いになり、お言葉を掛け合う睦《むつ》まじさでございましょう？　わたくしどもの目から見ても、あのような素晴らしいお方に想《おも》われる姫様は、この世の幸せを独り占めなさっているかのようです。何の理由《わけ》あって慶斉様のお心をお疑いになるのです？」

「慶斉様は時折、お忍びで市中においでになっておられると聞き及んでいます」

「吉原とか申す悪所にでもおいでになっているのではないかというご心配ならご無用です。一橋家の側用人から、そのようなお遊びはなさったことがないと聞いておりますから」

「そうではなくて——」

　ここでゆめ姫は言葉に詰まった。

「では、いったい慶斉様のどこがご不満なのです？」

　浦路は眉《まゆ》を上げた。

「はじめて年の初めに慶斉様とお会いした時、慶斉様はこうおっしゃいました。〝夫婦《めおと》になったら、どんなことも隠し立てなく、二人して同じものを見て前に進んで行こう〟と——。そして、わらわに当時からお好きだった蝶《ちょう》の図絵を沢山お見せくださいました。しかし、市中においでになるようになってからの慶斉様は、あの時のように、きらきらした目をなさってはおらず、以前のようではない気がしてならぬ。わらわ一人が置いて行かれてしまったような気がするのです」

「それは姫様——」

男と女が同じように振る舞うことはできないものなのだと諭そうとした浦路だったが、

——卑しくも姫様は将軍家のお血筋、並み居る女子《おなご》ではない——

「気のせいでございましょう。輿入れ前の女子は何かと、気持ちが塞《ふさ》ぐものだと聞いております。これればかりは当人にしかわからぬものとのことで——」

曖昧《あいまい》な応えをして、

「そうそう、一橋家から姫様にお誘いがまいっております。何でも、蝶などの虫、鳥、草木、貝等の図絵を持ち寄って大広間で観賞する、本草会《ほんぞうえ》を慶斉様がなさるというので、是非、姫様をとのお招きです。慶斉様がお好きな学問に興じておられるお姿をご覧になれば、きっと、思い違いだったと姫様も思われるはずです」

「ええ、でも、慶斉様を以前のようではないと感じたのは、半年ほど前の本草会にお招きいただいた時のことなのですけれど——」

——あの時の本草会は以前とは違っていた。おいでになった皆様は大勢で、図絵にまつわるお話もそこそこに、すぐ、幾品もの肴《さかな》が膳《ぜん》に並ぶ贅沢《ぜいたく》な酒宴になったようだと、藤尾から聞いた。御膳所にはかなりの山海の珍味が用意されていたとか——。いつものように、皆様がおいでになる前に、そっと図絵を見せていただいたわらわは、もちろん酒宴には連ならなかった。けれども、お暇《いとま》を申し上げに行った時の慶斉様は、あまりお好きでない御酒を過ごされていて、よそよそしいだけではなく、少しお苦しそうに見えた。お悩みでもあるのでは？　そのお悩みはなぜか、わらわと関《かか》わっているような気がする——

「ですから、今回はご遠慮したいのです」

きっぱりと言い切ったゆめ姫を尻目《しりめ》に、

「実は昨日、池本《いけもと》殿から、わたくしが姫様をお引き止めしているのではないかと、きついお叱《しか》りを受けました」

怯《ひる》むことなく、浦路は話を続けた。

ちなみに池本方忠《まさただ》は将軍付きの側用人《そばようにん》である。

ゆめ姫は幼い頃からじいと呼んで親しんできている。

人並み以上に頭は切れるが、それをおくびにも出さず、頑固一徹にして細心な忠臣を装う、傑出したタヌキおやじであった。

「じいの言うことなどそう気にせずとも――」

「そうはまいりません。池本殿は上様の御側用人様、大奥総取締役のわたくしが敵《かな》うお方ではございませんゆえ」

「でも――」

「池本殿には御側用人のお立場がおありです。兄上様、姉上様方がおいでにならなくなった大奥にあって、今や、ゆめ姫様は御台所様に次ぐご身分。分別ある振る舞いをしていただかなくてはなりません。姫様と慶斉様の御婚儀が執り行われない限り、池本殿の一橋家への面目が立ちません。一橋家は臣下といえども御三卿、他の大名とはわけが違います。一橋家が業を煮やし、この婚儀が流れるようなことでもあれば、池本殿はお役目を解かれるやもしれぬのです」

浦路の説得は熱を帯びてきた。

――それではじいが可哀想――

ゆめ姫は知らずと目を伏せていた。

すると浦路はここぞとばかりに、

「お役目を解かれるどころか、お腹を召されるようなことにもなりかねません」

どんと強く押してきたが、

「そんなこと、このわらわがさせるものですか」

ゆめ姫は挑むようなまなざしで浦路を見据えた。

二

何日か過ぎた日の朝、ゆめ姫は用意されていた乗物《のりもの》で菩提寺《ぼだいじ》に向かうと、待っていた住職が客間に案内した。そこにはいつもの通り、方忠が鎮座していた。登城を遅らせて待機していたのである。

将軍の代理で住職に経を上げてもらうというのが、方忠が菩提寺を訪れる名目である。

本堂から住職の経が聞こえ始めた。

「紫陽花《あじさい》が綺麗だわ」

ゆめ姫は客間から見える見事な紫陽花に見惚《みと》れた。

「前から思っていたのですけれど、菩提寺で会うというのは名案ですね。さすが、じい――」

大奥は将軍以外の男子は禁制である。たとえ、将軍付きの側用人である池本方忠であっても、大奥へ出向いてゆめ姫と話をすることなど叶《かな》わなかった。

誰にも詮索《せんさく》されずに話が出来るのは、この菩提寺しかないのである。どうしても、ゆめ姫と話をしなければならないと判断した時、方忠は浦路に頼んでここで落ち合うことにしていた。

もっとも、幼子の頃は、ゆめ姫さえ望めば、いつでも方忠は広大な千代田城の庭で鞠《まり》遊びの相手をしてくれた。

――もう、楽しくてならなかったあんなことも思い出でしかないのね。大人になるって何てつまらないのだろう――

心の中でふっとため息をついたゆめ姫は、慶斉が自慢げに見せてくれた、あまりの美しさに歓声を上げ続けた蝶の図絵と紫陽花を重ねていた。

「しかし、油断は禁物です」

方忠はにこりともしなかった。

「物事の綻《ほころ》びは、たいてい、つい、うっかりの油断からでございます」

「じいは相変わらず、馬鹿がつくほど用心深いのね」

――あの時は気にもならなかったけど、今思えば――

鞠遊びの相手をしてくれていた時の方忠が、常に周囲を怠りなく見張っていたことが思い出された。

――じいはずっと大人でつまらなくはないのかしら？――

「それゆえ、側用人のお役目が務まってきたのでございますよ」

方忠はむっつりと応えた。

「一つ、訊《き》いてもいいかしら」

「何なりと」

「兄上様や姉上様は、西の丸に居られるお方を別にして、皆様、他家へ行かれてしまっていますね」

――兄上や姉上もわらわのような空虚な気持ちで大人になったのだろうか？――

「はい、それぞれ大名家へ。若君様方はご養子に、姫君様方は御守殿様として嫁がれておいでです。二十人おられました」

「浦路から聞いた話では、養子や婚姻の世話をしたのは、じいだそうですね」

「それが側用人の務めでございますから」

「その後、兄上様、姉上様はお幸せなのかしら」

――なぜか、お幸せではない気がする。慶斉様と同じように――

「それは――」

「どうしておいでかと、近頃、とても気になるのです」

「存じません。たとえ上様のお血筋でも、大名家へ行かれれば、皆様、臣下におなりです。それぞれのお家のために生きておられ、わたしごときの知り得ることではございません」

「でも、それは戦国の世の話でしょう。今は泰平の世。世話をしたじいの耳には、いろいろ入ってきているはず」

「知らぬものは知らぬのです」

憤然と方忠は撥《は》ね付けたが、

――いかん、姫様に大事な話があったのだ――

一度途切れてまた始まった住職の読経にほっと安堵《あんど》すると、

「ゆめ姫様、あなた様は一橋家の慶斉様の元へ、すぐにでもお輿入れしなければなりません。慶斉様もお待ちかねなのですから」

猫撫《ねこな》で声を作った。

するとゆめ姫は、

「まこと、慶斉様がそれをお望みなのか、わらわは確かめたいと思っています。それまでは押しても引いてもわらわは輿入れなどいたさぬ」

方忠の困惑する顔から目を逸《そ》らして言い切った。

この後、ゆめ姫は乗物に揺られ、大奥の中庭まで帰り着いた。この中庭は姫専用のものである。

「姫様」

ゆめ姫が留守をしている間、身替わりを務める、中臈の藤尾が出迎えた。

「納戸の虫干しをしておりました」

働き者の藤尾は休むのが嫌いで、一時も身体《からだ》を休めなかった。

「これを終えたら、庭の草抜きをいたします」

部屋にはこれから使われる蚊帳やら、正月の羽子板やらの雑多な品々が所狭しと広げられている。

「あら、何？　これ？」

ゆめ姫は衣桁《いこう》にかかっている縞《しま》木綿の小袖《こそで》に見入った。

「わたくしも実は何かと思っておりました。何であるのか、わからないのではございません。実家では毎日のように、男の奉公人たちが着ていた普段着で、よくよく存じているものではございます。でもどうして、そんなものがここにあるのかと――」

藤尾は困惑気味に縞木綿を見た。

「その上、こんなものまであると――」

藤尾は畳の上の男物の角帯を指さした。

――思い出したわ――

ゆめ姫の頰《ほお》がいくぶん赤みを増した。

――慶斉様からのいただきものだわ。亡くなったお菊《きく》の方様と呼ばれていたわらわの生《は》母上《はうえ》様が、町方の出だという話をした時、〝そのせいもあって、町娘に憧《あこが》れているのです。町娘は紺縞、藍小紋《あいこもん》の小袖を着て、黒の掛け衿を付け、素足で下駄をからんころんと鳴らすのだと聞いております〟などと、他愛もない話をしたのだったわ。そうしたら、慶斉様ったら――

くすっと笑ったゆめ姫に、

「姫様の楽しそうなお顔を久々に拝見いたしました」

藤尾まで釣られて笑った。

――〝実はわたしも町方に強く惹《ひ》かれているのです。その中でもいつか絶対通ってみたいのは湯屋です。さまざまな人たちと知り合って、どんなにか、楽しい時を過ごすことができるかと思うと胸がわくわくするほどです。わたしたちの憧れは同じですね〟とおっしゃって、こっそり手に入れられたのだという、町人が着る男物の小袖や角帯をわらわにくださったんだったわ。〝あいにく女物は持ち合わせていないので、これで我慢してください。時折、身につけてみると楽しい気分になれますよ〟と――。あの頃の慶斉様はとっても生き生きなさっていた。〝しかし、着るものだけを取り替えても、粋にはなかなか近づけないようです。ご存じでしたか？　粋とは、この江戸の町の洗練された美意識のことなのですよ。いいなあ、粋、町人だけの特権――〟などとも――

ゆめ姫はしばし過ぎし日の思い出に遊んだ。

――ああ、一度でいいから、慶斉様と二人、町人姿になって、思いきり江戸の町を、日本橋や深川を歩いてみたいわ――

そうは思ったものの、ここは紛れもない大奥であった。

――町方など、遥《はる》か向こうのまだ見たことのない海みたいなものね――

〝あーあ〟とまた、ため息が洩《も》れそうになって、

――よし、せめて、気分だけでも――

ゆめ姫は藤尾に手伝わせて着替えをしようと思いたった。

――いただいたあの時は綺麗な着物にばかり、憧れる年頃だったので、これを試そうとはしなかった――

「えっ？」

もともと小さな藤尾の目が点になり、

「姫様、そればかりは――」

止《や》めてくれと必死に懇願する。

「大丈夫よ、ほんの少しの間、楽しむだけだもの――」

ゆめ姫は襦袢《じゆばん》を肩から滑り落とした。

「でも、男の形《なり》など、それも町人の姿とは――。ここは大奥でございますゆえ」

藤尾はしどろもどろであった。

ほどなく、華麗な髷《まげ》には不似合いな町人姿が出来上がった。

「どうかしら？」

ゆめ姫は鏡の前に立って、

「これで髷もびしっと、町人髷だと最高だわね。それから、素足でいるってこんなに気持ちがいいとは知らなかったわ。下駄を履いて歩いてみたいわ」

「と、とんでもないことでございます」

藤尾は怖いものでも見るようにこちらを見ている。

この時、

「失礼いたします」

声が掛かって、

「ああっ――」

藤尾が震え上がり、浦路が襖を開ける音が続いた。

「姫様、お役目ご苦労様でございました。さぞかし、お疲れでございましたでしょう」

浦路は顔色一つ変えずに、首から下が町人姿のゆめ姫に向かって深々と頭を下げた。

三

――また、浦路か――

ゆめ姫は心の中だけで顔を顰《しか》めた。

――お願いだから、もう、慶斉様のことを蒸し返したりしないでほしい――

「浦路こそ、変わらぬ忠勤、ご苦労です」

ゆめ姫は浦路が開けた襖の方を見た。

「もうすぐ、嘉祥《かじょう》御祝儀ですのでご相談に上がったのです。将軍家御息女のゆめ姫様は、御台所様に次ぐご身分ですので、是非とも、お指図をお願いいたします」

嘉祥御祝儀とは嘉祥喰《ぐい》とも言って、神に供えた菓子を食べて祝い、邪気を払う行事であった。

「何しろ、御大名様方が皆様、ずらりとお揃《そろ》いになる、大事なしきたりでございますからね」

この日、江戸在府の諸大名たちは将軍に拝賀のため登城して、片木盆《へぎぼん》にのせられた祝いの菓子を頂戴《ちょうだい》するのであった。

毎年、大奥ではこの祭事に便乗する。ただでさえ菓子好きな御女中たちのこととて、この時とばかりに、思いきり菓子を食べるのであったが、それには、ゆめ姫の先鞭《せんべん》が必要であった。

「姫様がお先にお立ちにならないと、皆が遠慮いたします」

「わかっています」

嘉祥喰でのゆめ姫の役目は、形ばかりの菓子作りであった。姫が、嫌いな者はいない饅《まん》頭《じゅう》を作らせたのは昨年の嘉祥喰の時であった。

「今年はいかがいたしましょうか」

「浦路は何がよいと思います？」

「昨年は饅頭でしたから、今年は羊羹はいかがでしょう。羊羹は嘉祥菓子ですし、皆、大好きです」

嘉祥菓子とは、権現様とも言われる徳川家の始祖家康が、嘉祥御祝儀にと定めた菓子のことであった。

「それではそういたそう」

ゆめ姫はあっさりと言った。

「羊羹をお作りになりますか」

「さすがに羊羹となると、むずかしいことでしょうね」

「市中には羊羹屋という生業があるくらいですから――」

実は浦路は羊羹なら菓子職人の手によってしか、上手にはできぬことを知っていて提案したのであった。

――姫様に御膳所になど入られたら大変だ。昨年の饅頭作りの時は、火傷《やけど》をなさらないか、菜箸《さいばし》で目を突かれないか、包丁を手にされて怪我《けが》をされないかと、どれだけ気を揉《も》んだことか――

「では、菓子屋に注文を出しておきましょう。姫様の名は羊羹の上に、〝嘉祥御祝儀ゆめ姫様〟と入れてもらうことにいたします」

ほっとした浦路は、笑みを消さずにてきぱきと決めていった。

　――今年は本当に形だけだわ。あれは嘉祥喰の時ではなかったけれど、その昔、子どもの頃、慶斉様のお屋敷の庭で蓬《よもぎ》を摘み、御膳所で一緒に拵《こしら》えた草餅《くさもち》がなつかしい――

ゆめ姫はため息を呑《の》み込み、

「早々にお召し替えを。姫様たるもの、そのようなおかしな格好で、いつまでもおいでになってはなりません」

　初めて浦路は眉を寄せた。

　そして、

「後で藤尾を寄越してください、お願いいたします」

丁寧な物言いとは裏腹に、有無を言わせぬ口調で打ち掛けを翻して、部屋を出て行った。

控えていた藤尾は、頭を上げると、

「そうでした。お着替えのお手伝いをさせていただかなければ――」

ゆめ姫をちらと見て、ぷっと吹き出してしまった。

「そのご様子で浦路様と嘉祥御祝儀のお話をなさっている間、笑いを堪《こら》えるのに難儀いたしました」

「笑い事ではないのよ。この形は大切な方からのいただき物なのですもの――」

ゆめ姫は藤尾に着物と帯の送り主の名を告げた。

「まあ、あの慶斉様からのいただき物だったのですね。ただの小袖や角帯ではなかった――」

藤尾は大真面目《おおまじめ》な表情で、ほぼ商家の手代といったゆめ姫の形をまじまじと見つめた。

「慶斉様って、皆が噂してるように、文武両道で見目形がよろしいだけではないのですね。市井好きの面白い方なのですね。親しみを感じます」

「それはそれは楽しい方だったのよ。それが近頃、そうでもなくなってきて――。もしかして、わらわのことが嫌いになったのかと――」

ゆめ姫は先の本草会でのことを思い出した。

「町方には絵に描かれるほど美しい方が大勢いるとも聞いているわ。慶斉様は町方においでになることもあるというから、これぞという方に出会われたかもしれないし――」

「町方は美女ばかりというわけではございません」

〝わたくしのような者もおります〟と続けかけた藤尾だったが、

――いけない、そんな物言いをしては、大奥は町方で相手にされない女の居場所ということになってしまう――

あわてて口をつぐんだ。

「それに、町方では肝心なのは出会いで、許婚だの、祝言だのというめんどうなことは二の次。中には親に反対されると駆け落ちしたり、たとえ人妻の身でも、恋や愛を貫くためにあの世で結ばれることを信じて、心中なんてことまでするんでしょ？　町方って、なんて華やかな恋路に彩られているんでしょう！　素敵‼　慶斉様が夢中になられてもおかしくはないわ」

ゆめ姫は悩ましげに目を閉じた。

「姫様、それは草紙の読み過ぎです。町方とて、許婚もあれば祝言もあります。駆け落ちや心中は滅多にありませんから、話に書かれるんですよ」

藤尾は半ば呆れたが、

「もし、慶斉様が心をときめかしておいでの方がおられたら、わらわは助太刀して、縁結びをしてさしあげたいと思っているの。たとえその方が吉原の花魁《おいらん》であっても——」

ひたすらゆめ姫は失速していく。

「でも、慶斉様にはゆめ姫様という将軍家御息女との婚礼が待っているのですよ。この栄えあるご縁をお断りになれるとはとても思えません。慶斉様ともあろうお方が、吉原の花魁などに懸想なさるはずはありませんが、もし、そうであっても、身分のあるお方の養女になった上、せいぜいが御側室に迎えられるぐらいのものでしょう」

藤尾は断固相づちを打たなかった。

「わらわが将軍である父上様にお願いすれば何とかなるはず」

ゆめ姫は明るい口調で言ったが、その目は瞬いている。

はっと胸をつかれた藤尾は、

「どうして、姫様はそのように思い詰めてしまっておられるのですか？」

訊かずにはいられなかった。

「このところ、慶斉様と重なって亡き生母上様、お菊の方様のことが胸によぎるのです。

町方の出で、何番目かの側室として大奥へ上がり、はたして生母上様はお幸せだったのかと——。わらわなら、慶斉様が他の女子に気を移すなど、到底我慢のできることではありません」

——なるほど、それで姫様は先ほど、意中のお相手が吉原の花魁であっても、縁結びをすると洩らされたんだわ。御簾中《ごれんちゅう》様になるとは一言もおっしゃらなかった。その気持ち、同じ女子としてわからないでもない——

藤尾は納得がいった。

「数いる側室の一人だった生母上様がお気の毒でなりません」

なおもゆめ姫は亡き母への想いを呟《つぶや》いて、

「姫様の母君、お菊の方様は誰しもが目を瞠《みは》るような美女で、上様のご寵愛《ちょうあい》もそれはそれは深かったと聞いております。姫様の母御となられた喜びもつかの間、若くして逝かれた時の上様のお悲しみは、お傍で見ているのも辛《つら》いほどだったとか——」

藤尾は慎重に応えた。

「生母上様の死の因《もと》については？」

ゆめ姫の言葉が突然尖《とが》った。

「急な病ではないのですか？」

問い返す藤尾に、

「皆はそう申しているが、誰も生母上様の臨終の様子を伝えてはくれないのです」

きはせぬ」
「わらわは知りたい‼　慶斉様のわらわへの嘘《うそ》偽りのないお気持ちと、生母上様の死の因だけはどうしても突き止めたいのです。これらをなおざりにして、輿入れすることなどできはせぬ」

ゆめ姫は叫ぶように口走った。

――姫様はここまで苦しんでおられる――

藤尾の胸がしんと鳴った。

――お助けしたい――

「微力ながら、わたくしでお役に立てることなどございましたら――」

藤尾は自分の気持ちを伝えずにはいられなかった。

「それなら、頼まれてほしいことがあるのですけれど――」

待っていたかのように、ゆめ姫が微笑んだ。あどけなさの残る、誰もが愛《いと》おしいと感ぜずにはいられない微笑であった。

――もしや、これは姫様一流の策では――

しまったと思った時は、もう後の祭りだった。

ゆめ姫は方忠が始終、〝壁に耳あり、障子に目あり〟と言い続けていることに倣《なら》って、藤尾の耳に口を寄せた。

「そ、そんなこと‼　う、浦路様のお耳に入ったら、この藤尾、大奥から追い出されてしまいます」

藤尾は青ざめ、

「藤尾の実家は名の知れた羊羹屋でしたね。嘉祥喰の今頃は猫の手も借りたいほど忙しいはず。嘉祥喰は将軍家から町方に広まった行事ゆえ、手伝いをしたいからとお願いして、一日、宿下がりを願い出ても許されるでしょう。大丈夫よ、実家に立ち寄る合間に、慶斉様のお屋敷まで文を届けるだけのことですもの。わらわは絶対に藤尾の名は出さないし、慶斉様だって、ちゃんと心得ていらっしゃるわ。嘉祥喰の日においでになった慶斉様とわらわが偶然、城の庭で会っただけのことになるはず——。思いたったが吉日ゆえ、わらわは今から慶斉様へ文を書きます。ですから、藤尾はこれからすぐ、浦路に宿下がりを願い出るのですよ」

ゆめ姫は微笑みながら畳みかけた。

四

藤尾は浦路の部屋にいた。

床の間を背にして浦路は座っていて、藤尾は自分の前に置かれた菓子皿の上を見つめている。

供されているのは実家黒蜜屋《くろみつや》の羊羹であった。黒蜜屋の羊羹は小豆を使わず、黒砂糖を主として仕上げられる秘伝の味である。

「遠慮せずに食しなさい」

浦路に促されて、

「はい」

藤尾は菓子楊枝を手にした。

「実家の味はよいものであろう」

羊羹を嚙《か》みしめていた藤尾は応える代わりに頷《うなず》いた。

「そなたの行い次第で、嘉祥喰の際、大奥で皆に配る菓子は黒蜜屋のものに決めてもよいと思うておる」

浦路は目を細めた。

——やはり——

ゆめ姫と浦路のやりとりを聞いていた藤尾は、羊羹をと提案する浦路に、もしや——という期待とも、恐れともつかない思いを抱いていたのである。

——小豆を使った小倉羊羹に比べて人気が落ちる、実家の羊羹が陽《ひ》の目を見るのはうれしく、誇らしいけれども、浦路様は相応の見返りをもとめられることだろう——

「なにゆえ、姫様が先ほどのような恥ずかしい形をなさっておられたのか、また、こんなことがしばしばなのか、そなたなら打ち明けられて知っておろう？」

浦路は寸分の取り繕いも見逃すまいと目を見開いている。

「あの実家の羊羹のことは——」

まずは念を押して、

「わかっておる。姫様についてどんな些細《ささい》なことでも、この浦路に報《しら》せると約束するのであればそなたのところに決める。二言はない」

浦路は言い切り、

「ありがとうございます」

藤尾は畳に両手をついて頭を下げた。

「面《おもて》を上げて早く話せ」

浦路の苛立《いらだ》った声に急《せ》かされて、

「実は――」

藤尾はゆめ姫から聞いた話をした。

「何と、あの小袖や角帯は慶斉様からの贈り物だったというのだな」

「はい。姫様がいただいたのはずっと前のことで、今まで忘れておられたようですが」

「慶斉様のお心ゆえ、お捨てになれずにいたのであろう。そうであろうな、でなければ、あの――」

〝日も当てられない粗末で卑しい代物〟と続けかけて浦路は言葉を止めた。どんなものであっても、御三卿の一橋慶斉からの献上の品である。

浦路は話を変えた。

「慶斉様と生母お菊の方様へのそれぞれの想いが不安となって、姫様のお心に重くのしかかっているというのが、今一つ、わたくしにはわかりかねる。そなたにはわかるのかえ？」

――自分が夫婦になる相手のことと、母親が父親と夫婦になった時のことを照らし合わせたいのは、婚礼前の娘なら誰でも持ち合わせている気持ち――。わからないのは浦路様がもうお若くはないからだ――

藤尾はそう思ったが素知らぬ顔で、

「姫様は純粋で繊細なお心の持ち主でおいでですから」

さらりと無難に受け流した。

「純粋で繊細ねえ――ようは大人になれないということです。姫様はいつになったら、御自分のお立場がおわかりになるのかのう？」

浦路はふうとため息をつきかけて、

「そなた、慶斉様への文を預かったと申しましたな」

大きく目を剝《む》いた。

「はい、ここに」

「見せりゃ」

浦路は藤尾から文の入った箱を取り上げると、

「将軍家の姫として恥ずかしい文であれば書き直していただかねば――」

中身を取り出して文を広げた。

文には以下のようにあった。

本年嘉祥御祝儀での下城の折、仙人大銀杏《おおいちょう》の下でお待ちしております。

ゆめ

慶斉様

「何と、時候の挨拶《あいさつ》も何も無しでこれだけ？」

浦路は呆れたが、

「とりたてて、慶斉様に失礼なことは書かれておりません」

藤尾はゆめ姫の肩を持った。

「姫様はヘソを曲げると扱いがむずかしいゆえ、小言はよしておきましょう。その代わり、そなたが、嘉祥喰当日、姫様のお傍を片時も離れずに慶斉様との話を洩らさず聞いてくるのです。聞き逃したりしたら承知しませんの。わかりましたな」

「は、はい」

藤尾は浦路の剣幕に押されて、またしても畳の上に這《は》いつくばった。

一方、浦路は自ら控えの間へ行き、大きな風呂敷《ふろしき》包みを抱えて持ってきた。

「それからこれを。姫様にわたくしの用向きを訊かれたら、これを差し出すのです。青葉《あおば》藩江戸家老様が届けてきたと申せば、姫様にはおわかりです」

そこで浦路は一度言葉を切って、滅多にないことだが悲しげでやや弱々しい表情を見せ

たが、それも一瞬のことで、

「言うまでもないことですが、今、話したことは秘密です。わたくしはそなたの賢さを見込んでいるのですよ。いいですか？　姫様と慶斉様が添われれば、この徳川の御代に必ずや光明がもたらされます。何としてでも添っていただかなくてはなりません。それにはそなたの惜しみない力添えが要るのです」

常と変わらぬ力強い物言いをした。

「身に余る光栄です」

藤尾の目に涙が光った。

感激してのことではなく、責任のあまりの重さに泣きたくなったのである。

藤尾は涙を拭《ふ》いて化粧を直してから、ゆめ姫のもとに戻った。

「長くいろいろなお小言をいただきましたが、用向きはこれでございました」

藤尾は手にしている風呂敷包みをゆめ姫の前に置き、開いた。

「着物ですね」

「そのように――」

「わらわのですか」

「たぶん」

「浦路が誂《あつら》えておいてくれた夏着なのでしょう」

「そのようなご説明はございませんでした」

ゆめ姫は畳紙《たとうがみ》を開けて中を見た。

「まあ――」

思わずため息がこぼれたのは、見事さゆえでもあったが、それだけではなかった。

「こんな綺麗な帷子《かたびら》、わらわは今まで、見たことはありません。いいえ、見たことはあったわ」

帷子は白麻地に紅葉と菊が朱と藍で描かれ、金糸で尾長鳥が刺されていた。

「なつかしいこと」

「姫様はこれをご存じなのですね」

「ええ。これはわらわの姉上、福姫《ふくひめ》様が奥州《おうしゅう》の大藩青葉藩藩主岩本宗高《いわもとむねたか》殿にお輿入れの折、お誂えになったものです」

「わたくし、福姫様は存じ上げませんが、姫様と福姫様はお腹が違いましょう?」

「たしかに、年齢《とし》は一回り違いますし、そうは親しくしていたわけではありません。でも、福姫様は細やかなお心遣いをされる姉君でした。まだ年端も行かぬわらわに、ご自分が誂えて婚家に持っていく着物の柄に、菊を使ってもよいかなどと、お訊ねくださったのですから。菊の花柄は、父上様の寵愛を一身に受けたわらわの亡き生母上様、お菊の方様が、父上様の勧めで、いつも身につけていたものでした。それゆえ、大奥では、いつしか、誰もこの絵柄を身につけない決まりになっていたのです。ですから、姉上様はわらわに気遣いしてくださったのです。その時、わらわは、出来上がった着物を見せてくださるだけでよいと、子どもだから許される、失礼なことを申し上げて、菊の花柄をお使いいただき、これを見せていただいたのです。厚かましくも、わらわは福姫様の膝《ひざ》の上に乗って、おおはしゃぎをしながら、この見事な帷子を見せていただきました。今にして思えば、これを見てなつかしくてならないのは、おおらかでお優しい、姉上様のお人柄の方なのかもしれません」

ゆめ姫はしみじみと言った。

「でも、どうしてこれがここに――」

姫は、はっとして藤尾を見つめた。

藤尾はうつむいて、

「浦路様はこれを届けてきたのは、青葉藩江戸家老様だとおっしゃっておられました。そう申しあげれば、姫様も事情はおわかりになると――」

「福姫様、姉上様はお亡くなりになったのですね」

ゆめ姫の目から涙があふれ出た。

「これは、姉上様がわらわにくださったお形見なのですね」

「姫様――」

藤尾は、かける言葉を失った。

――よりによってこんな時に、浦路様もお形見をお渡ししなければよかったものを――。

これで姫様のお心にまた一つ、姉君、福姫様の死という重石《おもし》が投げ込まれてしまったのだ。姫様は強靱《きょうじん》な気構えの浦路様などの想像が及ばぬほど、傷つきやすく多感なお方。そして、これればかりはどうしてさしあげることもできない——


「いいのです、藤尾。しばらく、わらわを一人にしておいてください。お願いです」

　そう言うと、濡《ぬ》れた目のままゆめ姫は白麻地の帷子を抱き抱えるようにして、寝間へと引き籠《こ》もってしまった。

　ゆめ姫は福姫の帷子を抱きしめて泣き崩れた。

「浦路様に姫様のお嘆きをお話ししましたところ、供養の席を設けられ、ご一緒されたいと仰せです」

　夕餉《ゆうげ》を報せる藤尾の声が寝間の外でしたが、

「今日は何も食べられそうにありません」

　ゆめ姫は断った。

「浦路には、格別な配慮に感謝していると伝えるように」

「わかりました」

　姫はまた涙が出てきて止まらなくなった。

——姉上様は三十歳を少し出られたお年頃。そのような若さで逝ってしまうとは、何ともおいたわしい——

　そう思うとさらに強く帷子を抱きしめた。そして、

「この形見の帷子、もしかして、亡き姉上様のお心ではないのだろうか」

このまま一緒に眠れば、夢の中に福姫が現れるような気がした。

――たとえ夢でもよい。夜叉が池の話を語る老婆などではなく、姉上様とお会いしたい――

ところが、期待に反して、この夜、ゆめ姫は夢を見なかった。ぐっすりと眠ったのである。

五

翌朝、宿下がりした藤尾の代わりに、

「姫様、お加減はいかがですか」

浦路が訪れた。

「浦路、姉上様のお形見を衣桁にかけてください」

ゆめ姫は顔色は悪くないものの、浮かぬ表情である。

「はい、はい、只今《ただいま》」

浦路は福姫の帷子を衣桁にかけて、

「昨日はわたくし、心ない、気の利かぬことをいたしたと後悔しております」

頭《こうべ》を深く垂れた。

「福姫様が青葉藩に嫁がれたのは、ゆめ姫様がごく幼い頃のこと。ゆめ姫様が福姫様とのことを、これほどまでに強く、お思いになっていようとは――」

浦路の目にほんの一瞬ではあったが、感動に近いものが宿った。

「やはり、血を分けた姉妹の情なのでございましょうね」

浦路は目をしばたたかせた。

「このように贅を尽くした、福姫様のお形見の絵柄、高貴な菊の絵柄とあって、ゆめ姫様なら、お菊の方様同様、さぞや、お映りになるだろう、喜ばれるだろうと思い、お届けしたのは浅はかの限りでございました。この通りでございます」

浦路は頭を下げたままでいる。

「どうかお許しを」

「そなたを責めてなどおりません。わらわはただ悲しいだけなのです」

「気鬱《きうつ》にでもおなりになるのではないかと案じられて――」

「嘉祥喰にわらわが顔を出さぬかもしれぬと、心配しているのでは？」

嘉祥喰は十日後に迫っていた。

「そのようなお話、聞きたくもございません。姫様がお顔を見せない、大奥の華のない嘉祥喰など嘉祥喰ではございません」

浦路はゆめ姫にすがるような眼差《まなざ》しを向けた。

――本物の気鬱になられて、慶斉様に待ちぼうけなどさせたらどうしよう――

この時、浦路は目まぐるしく頭を働かせて、

――そうだ、姫様を元気づけるにはこれしかない――

「ところで、福姫様も嘉祥喰がお好きでございましたよ」

さりげなく微笑んだ。

「特にお好きだったのはうずら焼や寄水《よりみず》でございました」

うずら焼とは餅米の皮で塩餡《しおあん》を包み、うずらの卵の形に丸めて、焼いてうずら模様に焦げ目をつけた菓子であった。

白と黄に染められた寄水は、餅米の粉で作った細工物で、甘味は加えられず、くの字型に捻《ねじ》られて、太古から流れ続ける川の水を表しているように見える。

「姉上様らしいこと」

「福姫様はことのほか、真面目な方で、家康公の定められた嘉祥喰の祝事に忠実でおいででしたから。どうでしょう、姫様、今年の嘉祥喰は福姫様のご供養にこれらを作られては？　作るのも、羊羹よりはたやすいかと存じますし――」

「でも、同じ嘉祥菓子でも、饅頭や羊羹の方が甘くて美味で、皆が好きでしょう」

「そのご心配はご無用です。姫様が手作りなさるうずら焼と寄水は、福姫様のこの帷子にだけ、そっと、供えられればよろしいのですよ。皆には昨日、お決めになったように、羊羹を振る舞えばすみます。もとより、福姫様はこの徳川から臣下へ嫁がれたお方、この大奥が福姫様に倣う必要はありません」

「では、そういたしましょうか」

ゆめ姫はどんな形でもいいから、福姫の供養をしたいと思った。

この夜、ゆめ姫は夢を見た。饅頭、羊羹、うずら焼、寄水、きんとん、あこや、平麩《ひらふ》、熨斗《のし》（あわび）と八種あった。

きんとんは黄色の団子とあんこ玉で、あこやは餅と餡であこや貝を模している。

この八種が嘉祥喰の行事で用いられる、古式ゆかしき伝統の菓子である。

部屋には片木盆が八つ並んでいた。

当たり前のことだが、自分の部屋に自分がいる。

――きっと、これはずっと以前の大奥の嘉祥喰なのだわ。うずら焼や寄水があるから、姉上の福姫様のいらした頃のことかしら？　だとするとやっと夢で姉上と会える――

夢を見ているゆめ姫は期待に胸を膨らませ、夢の中の姫は片木盆に手を伸ばした。

――お行儀が悪いと浦路に叱られてしまうでしょうけれど。でも、今、ここにある嘉祥菓子は、毎年、お城で見るものより、ずっと、美味《おい》しそうだわ。もしかすると、うずら焼と寄水に限っては、姉上の福姫様のお手製かもしれない。あっ、何をするの‼――

夢の中の姫はうずら焼を一口食べると、ぽいと残りを盆の上に放《ほう》りだした。

――何をするの、このわらわは――

夢で自分を見ているゆめ姫は胸がどきどきしてきた。

――せっかく、姉君の福姫様が手ずから作られたものかもしれないのに――

夢の中の姫はさらに、饅頭、羊羹、寄水、きんとん、あこや、平麩、熨斗と全部に手を出して、うずら焼と同様一口食べると捨てた。

〃いい加減にして〃

自分の行いだとはわかってはいたが、叫ばずにはいられなかったのである。

しかし、夢の姫は自分である。通じるはずもなかった。

〃姉上様、福姫様〃

夢の中の姫は甘える口調で御膳所へと向かった。

廊下を走りながら、

〃姉上様、わらわは、あんな古くさくて、甘みの少ない嘉祥菓子など嫌いです。わらわは慶斉様と共に拵えた草餅がいただきとうございます〃

すると、御膳所から出てきた襷掛《たすきが》けをした慶斉は、

〃そうでしたね。あなたは将軍家の姫君でした。嘉祥菓子は神君家康公がお定めになったもの、可愛《かわい》い姫君にはもっと甘い、美味しいお菓子が似合います。それでは、今度、草餅を作る時には、和三盆をたっぷり使った草餅にいたしましょうか〃

困惑気味に笑った。

目が覚めたゆめ姫は、

「藤尾、藤尾」

すぐに藤尾を呼んで、宿下がりしている事実に気がつくと、心に溜めておくことができ

ずに、

「まあ、姫様、どうなさいました?」

飛ぶように訪れた浦路に夢の話を打ち明けてしまった。

「それは、さほど変わった夢でございませんよ。姫様は、ただ単に過ぎし日の思い出も含めて、慶斉様を慕われておられるのではないかと――。それはいいとして、うずら焼や寄水などの嘉祥菓子がここまで嫌われようとは――。わたくしたち大奥まで、姫様に嫌われているような気がいたしました。何とも情けない」

聞いた浦路は、やれやれと失望のため息をついた。

「わらわのこの夢には、何か意味があるような気がします」

ゆめ姫は言い切った。

「たしかに、その夢に出ておいでなのは、ほかならぬ姫様ご自身なのでございますね――」

相づちを打ちつつも浦路は首をかしげた。

「ええ、でも、とてもわらわとは思えない。わらわは伝統ある嘉祥菓子について、あのような乱暴な振る舞いや物言いはできぬ。いったい、あのわらわはどうなっていたのか――」

「きっと姫様はたいそうお疲れなのだと思います。ゆっくりとお休みくださいい。浦路がついておりますから」

しばらく姫の枕元《まくらもと》に座っていたが、姫が寝息を立て始めたのを機に部屋から下がった。

ゆめ姫はその夜もまた夢を見た。

しかし、夢には、

〝むかしむかし、あるところに長者がおってな、長者には三人の娘がいた――〟

夜叉が池の龍神伝説を紡ぐ、あの老婆が出てきた。

前に見た夢に出てきた老婆である。

〝その話は龍神様に嫁ぐ娘の話ですね〟

ゆめ姫が口を挟むと、老婆はこくりと大きくうなずいて消えてしまった。

次に見えたのは天下祭に市中を練り歩く、龍神の山車《だし》であった。

山車一覧番付表が見えて、〝二十一番江戸龍神山車、二重鉾《ほこ》台型囃子《はやし》台欄間《らんま》〟と書かれていた――。

夢から覚めた姫は藤尾を呼んで訊いた。

藤尾は姫を案じた浦路のはからいで早朝に大奥に戻ってきていた。

「龍神山車とは天下祭のものでは?――」

江戸二大祭の天下祭とは一年毎に交互に行われる山王祭《さんのうまつり》と神田祭《かんだまつり》のことである。

「そうでございましょうね」

藤尾は頷いた。

「今、どこにあるのかしら」

「今年は山王祭でございますから、もうじき出番でございましょうが――」

山王祭は嘉祥喰と同じ頃行われる。

義経や弁慶の大きな人形が鉾の上に立っているなど、数多くのきらびやかな山車が江戸市中を沸かし、江戸城内にも巡行する。

天下祭は町方も武家もともに楽しむ行事であり、藤尾もゆめ姫よりは通じていたが、龍神山車のある場所までは知り得ているはずもなかった。

「二重鉾台型といえば、屋根付鉾台型でたいそうご立派なものなのでしょうが、どこの町で造ったものなのかまではわかりません」

天下祭の山車は約百六十の氏子の町で造られ、練り歩きながら人気を競っていた。

「でも、それが龍神山車である以上、大事な手がかりなのです。どうしたらわかるのか――」

ゆめ姫が頭を抱えると、

「もしかして、浦路様がご存じかもしれません。浦路様が龍神様のお守りをお持ちになっているのを目にしたことがございますから。わたくし、それとなく、うかがってまいります」

藤尾は部屋を下がった。

六

ほどなく姫は頭痛に襲われた。

目を閉じると、また、自分が今居る部屋が見えた。もう一人の自分、いや、断じて、自分などではない夢の中の姫がいた。

夢の中の姫は浦路が衣桁に掛けていってくれた、白麻地に菊と尾長鳥、福姫の形見の帷子を羽織っている。

〝慶斉様、慶斉様〞

夢の中の姫は、媚《こび》を含んだ声で甲高く慶斉を呼びつけている。

〝ちと我慢してくれ。蓬の葉はもう固くて、今時分、草餅はできぬものなのだ〞

慶斉は諭したが、

〝いやじゃ、いやじゃ、草餅、草餅〞

夢の中の姫は子どものように泣きじゃくっている。

〝いい加減にしなさい〞

思わず、ゆめ姫は声を荒らげた。今度は聞こえたようだった。

〝いい加減にしてほしいのは、わたしの方よ〞

夢の中の姫はゆめ姫の方を見た。

同じ顔の二人の視線が絡み合う。

〝まだ、わかってもらえないの？　こんなに助けを求めているのに〟

夢の中の姫はさらに大きな声を張り上げて泣いた。

〝お願い、わたしを助けて。わたし逃げることができないの、お願い〟

その顔はもう、ゆめ姫ではなかった。

見知らぬ少女である。

ぱっと華やかな美人だが、今は青ざめきっている、十四、五歳の娘の怯《おび》えた顔だった。

白昼夢から覚めたゆめ姫は、

──今の夢には姉君の福姫様のお形見、わらわ、慶斉様、囚《とら》われの身のどなたかが出てきた。これはもしや、夜叉が池の龍神様から端を発して、龍神山車まで見せてくれたのは、亡き姉上様の御遺志では？　とりあえずは囚われている方をお助けしなくてはならないわ

──意を決した。

しばらくして、戻ってきた藤尾は、

「あいにく浦路様はお姿がなく、お目にかかれませんでしたが、龍神山車のことは、お年を召した御祐筆の花島《はなじま》様がよくご存じでした。もう、何年も前の山王祭で、並みいる山車が御城内まで巡行した際、気品高い江戸龍神山車が上様のお目に止まって、御下賜金を与えられたとのことでした。それで浦路様がお守りをお持ちなのです。花島様の大奥日記によれば、江戸龍神山車を守っているのは、日本橋通油町《とおりあぶらちょう》だということでございます」

かしこまって告げた。

「藤尾、是非、頼まれてほしいことがあるのです。江戸龍神山車と関わりがあって、菓子好きの娘御が神隠しにあっていないかどうか、確かめてきてほしいのです」

姫から頼み事を聞いた藤尾は、

「またお宿下がりでございますか？」

そんな勝手はできないと首を横に振りかけたが、

「浦路にはわらわから言っておきます」

「でも——」

躊躇《ちゅうちょ》する藤尾に、

「今年の黒蜜屋は、黒蜜を練る役目の職人が質《たち》の悪い夏風邪に罹《かか》った上に、嘉祥喰で大忙しということにしておきます」

「わかりました。早速、通油町へまいって、お話を訊いてまいります」

藤尾は渋々頷いた。

翌夕方、急ぎ戻ってきた藤尾は、

「やはり、姫様のおっしゃる通りでした。一月ほど前から、油川神社の氏子の一人、油問屋齊藤屋《さいとうや》の一人娘、あかね殿が琴の稽古《けいこ》から帰らず、案じた両親が、その日のうちに奉行所に届け出ているそうです。あかね殿は言い交わした相手との祝言も近く、母御は娘の無事を祈って、毎日、油川神社でお百度参りをしていると聞きました。あかね殿は評判の小町娘でたいそうお菓子が好きだったとか、これも姫様のおっしゃる通りでした」

そこでゆめ姫は白昼夢について話した。

「そうなると、夢の中の姫は、あかねという娘御だったのですね」

「まちがいないでしょう」

「あかね殿がお菓子好きだったというのを聞いて、夢にお菓子が出てきたのはわかりました」

「慶斉様に甘えて、〝不味《まず》い〟とあかね殿に文句ばかり言わせたのは、〝これほど、酷《ひど》い目に遭っている、助けて〟ということだったのですよ」

「けれども、どうして、あかね殿は姫様の顔をしていたり、福姫様のお形見の帷子を身に纏《まと》っているのでしょうか」

「それが亡き姉上様からわらわに向けた言伝なのでしょうね」

「どういう意味かわたくしにはさっぱり――」

藤尾は首をかしげた。

「姉上様はこのわらわに、あかね殿を助け出してほしいのだと思います。あるいは、わらわにしか、助けられない事情があるのかもしれません」

当てがあるのかと訊ねかけて、藤尾は、あわててその言葉を呑みこんだ。

あるはずなどない。

「できるかどうか、まだわかりません」

ゆめ姫は思い詰めた表情になった。

「でも、どんなことをしても助けてあげたい。きっと、亡き姉上様も同じ思いなのです」

そう呟いて、ゆめ姫はしばらく考えこんでいたが、

「夢の中で、あかね殿にお形見を着せたのは姉上様、そうなると、あかね殿を姉上様は見知っていたことになりますね」

藤尾に話しかけた。

「まさか——。たしかに、齊藤屋はたいした大店《おおだな》ではございますけれど、町人でございますよ。呉服屋ならまだ考えようもありますが、大藩青葉藩の御守殿様が油問屋の身内を見知っていたとはとても——」

「ではどうして、姉上様はあかね殿を知っておいでだったのでしょう。もしかして、あかね殿は青葉藩江戸屋敷に、行儀見習いに上がっていたのでは？」

「そのことなら、油川神社の神主様に確かめました。あかね殿は一人娘ですから、小町娘のあかね殿を見込んで、勧める人がいても、齊藤屋の主《あるじ》は、いずれ婿を迎えるつもりだからと断っていたそうです。大名家などにうっかり奉公に出して、お殿様のお手が付いて、側室に望まれたら大変だと申して。ですから、あかね殿と青葉藩はつながりません」

「でも、必ず、どこかでつながっているはずです」

「それさえわかれば、あかね殿は助かるのでしょうか」

藤尾の目は真剣であった。

藤尾もまた、何としても、あかねに助かってもらいたいと思い詰めていた。

「もしや――」

藤尾は言いかけて止めた。

「どうしたのです、藤尾。何でもよいのです、思いつく手掛かりがあったら申してみよ」

「でも――」

しばらく躊躇していた藤尾だったが、

「あかね殿の命がかかっているのですよ」

ゆめ姫の言葉に後押しされて、

「では、思い切って申し上げます。福姫様があかね殿を見知る機会はなくとも、登城など市中を通る殿方ならば、あり得ないことではないと思います」

「それでは、宗高様が――」

思わず姫は眉をひそめた。

「わたくしからは、これ以上は申し上げられません。それに、今のは思いつきにすぎません。たしかなことではございませんゆえ、どうか、お忘れくださ い」

藤尾はうつむいた。

――たしか、義兄上《あにうえ》の宗高様は――

ゆめ姫は福姫の輿入れが決まった時、女中たちが噂話をしていたのを覚えていた。

「福姫様が嫁がれる先の青葉藩藩主岩本宗高様は、すっきりとした、よい男前だということですよ」

「何でも奥州の光源氏か、義経かと噂されているほどだとか――」

「それでは放っておいても、女人に好かれますね」

「ご本人も遊里に通い詰めておいでのようですから、女人がお好きなようですよ」

「まあ、それでは――」

「この先、福姫様はご苦労なさいますよ」

あとはひそひそ声になって、きっともう側室に等しい女人がいるにちがいないとか、福姫様、何とお気の毒になどという、当て推量と大袈裟《おおげさ》な同情の言葉が洩れ聞こえた。

――あの時、わらわは幼かったゆえ、意味がよくわからなかったが、今ならわかる――

その夜、ゆめ姫は夢を見た。そして目覚めた時、夢で見たことに疑念を抱いた。

――真実《まこと》であってほしくない――

夢にはあかねの恐怖のために見開いた、大きな目があった。

〝死にたくない〟

あかねは訴えていた。

〝ならば言う通りにせよ〟

男の冷えた声だった。後ろ姿だけで顔は見えない。

〝許して、あそこだけは嫌――〟

〝行くのだ。おまえにはしつけが必要なのだ〟

〝だって、あそこは暗くて冷たくて、何も見えない──。決して、逃げたりしないから、あそこにだけは行かせないで〟

〝だめだ〟

そう言って男はあかねの顔に煙を吐いた。

男が手にしている煙管《きせる》がゆめ姫の目に入った。

見事な金蒔絵《きんまきえ》の細工であった。絵柄は粋で奔放な花姿の江戸菊である。

──これは──

ゆめ姫は、ぎくりとした。父将軍が気に入っている煙管によく似ていたからであった。

──やはり──。もしかすると、姉上様も酷い目に遭われて亡くなったのかも──

そう思う反面、

──もっと、よく確かめなくては──

ゆめ姫は、まずは浦路に訊いてみることにした。

「夢で見たその煙管は菊の模様でした。父上様が大奥でくつろいでおられる時に、使われているのを見たことがあります」

「また夢ですか──」

浦路はややうんざりした顔になった。

「わらわは気になって眠れそうにありません。食も細くなりそうです」

ゆめ姫は浦路の急所を突いた。

「仕方のない姫様ですね」

浦路は苦笑して、

「菊の模様は亡きお菊の方様にちなまれたもの、たしかにそのような品がございましたね。上様のお持ちものについては、側用人の池本殿の方がくわしくていらっしゃいます。夢に取り憑《つ》かれがちな姫様のお身体が案じられますので、すぐに池本殿にお運びいただきましょう」

庭の池に渡してある丸木橋の上で、方忠と話ができるようにするとまで約束してくれた。

七

「よくお似合いでございます」

方忠は差し障りなく、姫の着物の映りを褒めて、

「さて、また、わたしに何の御用でございましょうか。わたしは何度でも、慶斉様へのお輿入れをお勧めするだけです。これは父君であられる上様からの命ですので、なおざりにはできません。それゆえ、わたしは姫様にとって、疎ましく小うるさいじいのはずです」

開き直った物言いをした。

「わらわが知りたいのは、父上がいったい誰に、菊模様の金蒔絵の煙管をさしあげたかなのです」

「そんなことがございましたか?」

方忠は首をかしげた。

「上様はお気持ちでお持ちものを下賜されることが多いのです。全《すべ》てを覚えていることはできません」

情けなさそうな顔になった方忠に、

「では青葉藩に嫁がれた姉上様が亡くなられた理由を聞かせてください」

「帷子は江戸家老の北沢房之輔《きたざわふさのすけ》殿から託され、わたしから浦路殿にお渡しいたしました」

「経緯《いきさつ》はわかりました。けれど、訊いているのは姉上様が亡くなられた理由です」

「福姫様は生まれつき、心の臓がお弱かったのです。亡くなられたのは御寿命でございましょう。半年ほど前のことだと聞いています」

「その話、真実ですね」

ゆめ姫は念を押した。

「真実にございます。青葉藩江戸家老の北沢房之輔殿から、この耳で聞きました」

方忠は憮然《ぶぜん》とした。

「でも、義兄上様の宗高様は父上様同様、大変、女人がお好きだと聞いておりますよ」

「それはそうですが――」

困惑した方忠は言葉を探して、

「しかし、江戸家老の北沢殿は謹厳実直な忠臣であられ、藩政にも明るく、宗高様を長年、支えてきておられます。宗高様はたしかに女人がお好きで、ご側室も多いそうですが、藩主にふさわしくない方ではありません」

「わらわが知りたいのは、忠臣のことなどではありません。女人好きの宗高様が、姉上様を苦しめておいでではなかったか。そのせいで、姉上様は寿命を縮められたのではないかということなのですよ」

「それぱかりは――」

方忠はますます困り切った顔になった。

「夫婦、あるいは、男と女の立ち入ったお話でございますから、わたしの窺《うかが》い知ることではございません」

最後にゆめ姫は、

「先ほどのじいの言葉に元気づけられました。父上様にお話しすれば慶斉様との婚儀を先延ばしにできるとわかりました。じい、父上様と会えるよう、段取りをしてくれますね」

最後の一撃を方忠に浴びせた。

――じいが惚《とぼ》けられなかったところをみると、宗高様の女人好きは相当のものなのだわ
――

ゆめ姫の宗高への疑惑は深まっている。

さらに翌朝、池の丸木橋の上まで歩いてきた父将軍は、半年前よりもさらに老いて見えた。

白髪がまた増えている。

「ゆめか、しばらくであったな」

将軍は愛娘を見て笑った。

うれしげな笑いであった。ぱっと目が輝いて、一瞬、表情が若やぐ。

「父上様、あそこへ行きましょう」

「そうだな」

あそこというのは将軍が戯れに作った江戸の町であった。

丸木橋を渡った二人は、しだれ柳が植えられ、何軒もの町屋が並んでいる、庭の奥へと歩き始めた。

将軍は江戸の町並みと町屋が殊の外好きであった。それで、江戸城の広大な敷地の中には、このような場所があるのである。

将軍はゆめ姫をまじまじと愛おしげに見つめて、

「親子孫、兄弟姉妹、血のつながりは温かいものだ。世の人はとかく、頼朝公、義経殿を引き合いに出して、人は縁よりも力や富を選ぶ、よって人は孤独なものだと言うが、わしはそうは思わない。頼朝公、義経殿にだって、本人たちだけにしかわからぬ、温かい想いはあったはずだ」

「わらわも、亡くなられた姉上様のことでそう思いました」

自然に姉姫のことが口を突いて出た。

「福姫のことだな。あれの母は京の姫御前《ひめごぜ》で、福姫を産むとすぐ亡くなった。生まれつき身体が弱いのは母親譲りだった。大人しい一方の娘だったが芯は強かった。輿入れせずともよいとわしは思っていたのだが、本人が輿入れしたいと申して、方忠が宗高殿を探した。宗高殿は福姫が病弱であることを承知して、守殿に迎えてくれたのだ。わしは福姫の事情をわかってくれる相手でなければ、輿入れさせるつもりはなかった」

――驚いたわ。気儘《きまま》に生きているように見える父上様が、こんなに子どものことを想っておいでだったとは――。

「ところがその福姫は、もうこの世にいなくなってしまった。子を失うのは寂しいものだが、臣下になった娘ゆえ、墓に参ってやることもできぬ。代わりに嘉祥の席では、宗高殿と福姫の思い出話をしようかと思う」

「嘉祥の席は御祝いのはず。宗高様は姉上様の喪に服されているお身では？」

「遠慮の返事が届いたが、無理を申した。わしは福姫の話をしたいのだ。子の供養がしたいのだ」

――宗高様は嘉祥の席においでになるのだわ――

ゆめ姫は複雑な気持ちになった。

――義兄上様は心から姉上様の思い出をなつかしく思っておられるのか、父上様が将軍だから仕方なく従って登城されるのか――

思い切って、姫は父将軍に訊いた。

「ひとつお訊ねしたいことがございます。父上様は宗高様に、ご愛用の煙管をさしあげたことがおありですか」

「はて、煙管な――」

将軍愛用の煙管は多い。

「菊模様の金蒔絵のものでございます。大奥でもお見かけしております」

「ああ、あれか。誰ぞにやったような気はするが、誰だったかは思い出せぬな」

将軍は老いた顔に皺《しわ》を刻んで無邪気に笑い、ゆめ姫は追及を諦《あきら》めた。

父将軍の後ろ姿を見送った後で、

「あっ」

叫んだゆめ姫は輿入れの日延べのことを話していなかった迂闊《うかつ》さに気がついたが、もう後の祭りだった。

この後、ゆめ姫は藤尾に煙管の話をした。

「よくわかりました。その煙管を上様がどなたに下賜なされたのか、わかればよろしいのですね。大奥にあったものを下賜なされたのならば突き止める手立てがありそうです」

そう言って部屋を出て行った藤尾は、息を切らして戻ってきて、

「姫様、上様の煙管のことは、花島様の日記にございました。やはり、お相手は宗高様でした」

「そうでしたか」

「お顔の色がまた悪くなりましたね」

「姉上様がお気の毒で。かくなる上は――」

ゆめ姫は浦路に会うために立ち上がった。

それから何刻《なんとき》か後のことである。

方忠は中奥にある側用人部屋脇の小部屋の前に立っていた。

左右を確かめると、二回、ごほん、ごほんと咳払《せきばら》いをした後、三回板戸を叩《たた》き、四回どんどんと足踏みすると、ほっと息をついて板戸を開けた。

「お待ち申し上げておりました」

浦路はしゃきっと背筋を伸ばして座っていた。

「暑いですね」

方忠は懐から手拭《てぬぐ》いを出して額を拭いた。

「大儀なようですね」

「浦路殿からお話があると聞いただけで、この通りでございます」

方忠の額にはまた汗がじわっと滲《にじ》んだ。

「そうでございましょうとも」

浦路はにこりともしなかった。

「やはり、また、あの姫様のことでございましょうな」

方忠は目を伏せた。

「慶斉様へのお輿入れのお話でしたら、わたしは押しの一手でお勧めしております」

「今はその話ではありません」

浦路は鋭い声で遮った。

「そのような生やさしい話ではない、と申すべきなのかもしれません」

浦路は方忠を見据えた。

その目にはいわくいいがたい戦《おのの》きが広がっている。

「どうか、お話しください」

戦きは方忠にも伝わった。

――何やら、悪い予感がする――

「先ほど、ゆめ姫様がわたくしのところまでおいでになられ、嘉祥御祝儀の折、密かに、亡き福姫様の夫君、青葉藩主宗高様にお会いになりたいとおっしゃっているのです」

「それはまたなにゆえに」

「何でも、宗高様をお諫《いさ》めしなければならない儀があるとのことでした」

「将軍家の姫君とはいえ、女子の身で、大藩の主を諫めようというのですか」

方忠は呆れ果てた。

「何をお諫めになるおつもりなのかとお訊ねしましたところ、それは、宗高様と会えるように段取りしてくれるのなら、話してもよいとおっしゃいました」

白粉を重ねて目立たなくしていた浦路の顔は、よく見ると青ざめていた。

「もちろん、お断りになられたのでしょう」

方忠は念を押した。

「それが――」

「まさか、お聞き届けになられたのでは――」

「姫様は段取りをしてくれなければ、この話を上様のお耳に入れるとおっしゃったのです。仕方ございません」

「この話とは、姫様が宗高様をお諫めすることですね」

「何でも、宗高様は掠《さら》った商家の娘を閉じ込めて、酷い扱いをしているそうなのです。これでは亡くなった福姫様も成仏できないゆえ、人の道に外れる行いを改めるよう、お諫めするというのです」

「ゆめ姫さまはわたしに、金の煙管を上様が宗高様に下賜なさったかどうかをお訊ねになり、はては福姫様のこともお訊ねになりました。なにゆえに、そのようなことをお知りになりたいのか皆目見当がつきませんでしたが、そういうことだったのですね。しかし、宗高様が町娘を云々というのは真実でございましょうか」

「姫様は夢で見たとかとおっしゃっていましたが、そんなことは埒《らち》もないことです。しかし、上様のお耳に入れると姫様がおっしゃっているので――」

「その話が上様の耳に入るかもしれぬのですね」

方忠は夏だというのに急に寒くなった。全身の血が凍りつくように感じられる。

「上様は思いの外、子煩悩でいらっしゃる」

ふと呟くと、

「その通りです」

浦路は将軍が、喪に服しているという宗高を呼んだ経緯を知っていた。

「上様がその話をお知りになったらどうなることか——。真偽を質《ただ》す間もなく、即刻、怒りにまかせて、青葉藩を取り潰《つぶ》すなどとおっしゃるやもしれぬ。だが、外様とはいえ青葉藩は奥州の大藩、支藩は言うに及ばず、よしみを通じ合っている藩は多い。今の幕府の力では、奥州討伐など思いもよらぬ。敵にまわしてよい相手ではない」

「おっしゃる通りです」

浦路はうなずいた。

「たしかに浦路殿、この話、上様のお耳にだけは入れてはなりませぬな」

「そのように判断いたしました」

「しかし、これは、降って湧いた難局ですぞ。ゆめ姫様がこれほど手強いとは——」

「迂闊でした」

二人は同時に知らずと頭を抱えていた。

八

当のゆめ姫もまた、藤尾を傍らに置いて、文机《ふづくえ》に頬杖《ほおづえ》をついていた。

「宗高様をお諫めする策は上手《うま》く行きそうですが、あかね殿を助けることの方が大事ですからね」

「姫様の夢の話では、宗高様には残忍な一面がおありなのでしょう。だとしたら、あかね殿はまだお元気なのでしょうか。もう、殺されてしまっているというようなことは——」

藤尾は顔を曇らせている。

「そんなことはありません。〝死にたくない〟とわらわに訴えてきていましたから」

「安心いたしました」

藤尾はほっと胸を撫で下ろした。

「あかね殿は、暗くて冷たいところに閉じ込められています。氷室ではないかと思うのです。青葉藩邸にならきっと氷室はあることでしょう」

「でも、姫様、囚われているのが青葉藩江戸屋敷だとすると、町方は差配違いです」

「そうでしたね」

ゆめ姫はがっかりした。

また頬杖をついた。

すると、藤尾は、

「たしか、姫様の夢の始まりは夜叉が池の話でございましたね。あかね殿が長者の娘で掠った宗高様は龍神様。あの話にはもう一人、大事な人物が出てきておりましたね」

「龍神様の奥方様でしょう。二人を嫉妬《しっと》して文句を言ったので、龍神様が怒って大きな石の下に閉じ込めてしまうのですが、以来、長者の家の者たちは、その石を避けて通ったという話でした――」

そう続けたゆめ姫は、突然、目の前が暗く閉ざされて、まず江戸龍神山車が見えた。

その次には〝仙台屋《せんだいや》〟と書かれた油屋の看板が目に入り、続いて、そびえるように大きな石かと思いきや、それは岩戸であった。

――氷室だわ――

仙台屋の裏庭が見えている。将軍下賜の煙管を手にした、背の高い侍の後ろ姿が見えた。男の背後には、でっぷりと太った、主らしき町人がつき従っていた。

〝北沢様〟

町人は侍をそう呼んだ。

瞬きを一度する間のほんの一瞬のことであった。

「藤尾、火急のことと言って、方忠を呼びなさい」

半刻（約一時間）後、ゆめ姫は暮れゆく城の庭で方忠と向かい合っていた。

「お話を」

方忠はすぐに促した。

緊迫した空気が醸し出されている。

「これはある筋から聞き及んだ、たしかなことなのですが――」

夢に見たなどと言えるわけはなかった。

聞き終わった方忠は、

「あの北沢殿がそのようなことを——」

絶句した。

「じいはまだ北沢という家老を信じているかもしれぬが、くれぐれも、今更、北沢なる悪者に、確かめたり、訊き糺すことなどしてはなりません。悪事を消し去るために、あかねという娘の命を奪ってしまうに決まっているからです。そうなっても、わらわは父上様にお伝えいたしますよ」

「では、このわたしにどうせよと——」

「すぐに町奉行を動かして、通油町の仙台屋を調べ、氷室からあかねを救い出すのです。じいにはできるはずです」

「なぜ、そのようなことまで——」

気押された方忠は唖然《あぜん》とした。

姫の指摘はまるで何もかも見透しているかのようだった。

それだけではなく、何も世間のことを知らないはずの姫が、てきぱきと指図するのが不思議でならなかった。

——直感力に優れている上、生まれながらに人の上に立つ、上様譲りのお血筋ゆえか
——

「わらわは間違ったことを言っていますか」

「いいえ」

方忠は〝今だ〟と心の中で叫びながら、

「仰せの通りにいたしましょう。その代わり、浦路殿に約束させたという、宗高様にお会いになる件は、どうか、このじいにお任せください」

ひたすら平身低頭した。

「わかりました。ならば、それは、じいに任せましょう。ただし、報告だけはするように。お報せしたい方がおられるので――」

もちろん、誰とはいわず、ゆめ姫はにっこりと微笑んだ。

嘉祥喰の当日の朝のことである。

姫は手作りしたうずら焼と寄水を、衣桁に掛けてある白麻地の帷子に供えて、心の中で福姫に語りかけた。

〝姉上様、ご案じになっていたあかね殿は、無事、南町奉行所の役人たちが救い出して、親元へ送り届けました。この日を待たずに方忠が動いて、何もご存じない義兄上様とじかに会って、ことの次第を話し、北沢房之輔の処分は切腹と決まりました。北沢は藩主の遠いとはいえ縁戚《えんせき》であることをいいことに、表では忠臣を装っていましたが、裏の顔は公金着服と商人からの賄賂《わいろ》三昧《ざんまい》、将軍家拝領の煙管の無断借用など、悪の限りを尽くしていたと本人が認めました。心得違いにも、宗高様との違いすぎる身分が呪《のろ》わしく、鬱憤《うつぷん》晴らしに、ついつい悪の道へ踏み込み、町娘の拐《かどわ》かしも今度がはじめてではなかったと白状したのです。姉上様はきっと、北沢の正体や悪事に気がついておいでだったのでしょうね。北沢が煙管を盗んだことを、知っておいでだったのではありませんか。北沢と悪事でつながっていた仙台屋は、あかね殿拐かしの一端を担った罪で死罪になるそうです。これで、もう二度と、このような嘆かわしい事件が起きないとよろしいのですが――〟

そこで、ゆめ姫は語りかけるのを止めた。福姫が応えてくれるかもしれないと思ったからである。

しかし、何も起こらなかった。福姫が現れる様子はない。

〝おなつかしい姉上様、なぜ、わらわにお声をかけてくださらないのです？　夜叉が池の話をしてくれたお婆さんは、姉上様の乳母だったよし乃《の》ですね。よし乃は昔語りが上手く、おかげで、姉上様も昔語りがたいそうお好きだったとか――。ならば、よし乃ではなく、姉上様じきじきに夜叉が池のお話をしていただきとうございました〟

ゆめ姫がふと恨み言を呟くと、一瞬、目映い光の輪の中に、白麻地の帷子と嘉祥菓子がかき消えた。

光の中によし乃の姿が現れる。

〝むかし、むかし、長者の娘と添うた龍神はの、前の蛇のかかが邪魔になって、大きな石の下に閉じ込めたがの、しばらくすると、こりゃあいかんと思い返して、その石をのけ、かかを出してやったんだとな。やっぱし、女はかかがええ、悪いことをしたと、何遍も龍神は頭を下げて、蛇のかかに謝ったとさ。めでたし、めでたし――〟

〝まあ、そうだったのですか――〟

ゆめ姫ははっと気がついた。

〝姉上様は世に伝えられている、このお話が意に染まなかったのですね。龍神様に邪魔にされる蛇の妻が――〟

すると、どうしたことだろう、よし乃の白髪が艶々《つやつや》と黒く変わって、いつもはにかんでいるように見える、やや、はかなげな福姫の顔になった。

〝やっと、お姿を現していただけましたね〟

〝お久しぶりでございます〟

〝安らかなご様子、何よりです〟

〝あなたのおかげです。娘御が救われたのが何よりでしたが、殿が房之輔を悪人だと気づかれてほっとしました。これで殿の身も青葉藩も安泰でしょう〟

〝宗高様をお慕いしておられるのですね〟

〝それはもうこれ以上はないほど――。わたくし、子にも恵まれず、長くない生涯でしたが、殿のおかげでとても幸せでした〟

〝それで夜叉が池の話を、ご自分ではされたくなかったのですね〟

〝はい、わたくしは龍神に愛され続けた蛇妻と同じでしたから、たとえ方便でも、殿を不実で酷い夫のように語りたくはなかったのです〟

福姫は頰を染め、

〝それは何よりです。そして、ご馳走様、町方ではこういう時にそのように申すようですよ〟

ゆめ姫は微笑んだ。

さらに福姫は、

〝それではわたくしもあなたにその言葉を返します。慶斉様にあなたの夢に出ていただいた時、市中を出歩くこともあるという慶斉様が拐かしの張本人ではないかと、嫉妬混じりにあなたが疑うかもしれないという危惧《きぐ》がありました。そうなると、真相に行き着くのが遅れて、囚われている娘御の命が危なくなります。ところが、あなたは慶斉様のことを露ほども疑うことなく、真相を突き止めてくれました。あなたは自分が思っている以上に、慶斉様を信じているのです。それがわかって、はらはらしながら見守っていたわたくしまで、ほっとするやら、うれしいやらで――〟

ゆめ姫が気づかずにいた事実を指摘して、最後に、

〝世話をかけました。いろいろありがとう〟

姿を消した。

ゆめ姫の前には、衣桁からふわりと風に掠われた様子で畳に落ちている、白麻地の帷子だけが見えている。

ただしうずら焼と寄水の供物は影も形もない。

〝あなたが作ったお菓子、とても、綺麗で美味しそうなのでいただいていきます。それから形見の帷子は着てくださいね。きっと、よく似合います〟

遠ざかる福姫の声がさらさらと聞こえた。

この日の夕刻近く、大名たち全員の下城が終わる頃、ゆめ姫は慶斉の待つ仙人大銀杏へと走った。

慶斉は過ぎし日と変わらず、大銀杏の木陰に隠れていて、姫が近づくと微笑《わら》いながら姿を見せた。

思えばこうして、二人だけで話をするのはもう何年もないことである。

ゆめ姫は堪えきれずに亡き姉福姫に関わる話をした。

聞いていた慶斉は驚いた様子もなく、

「力を伸ばしているあなたが羨《うらや》ましいです。わたしなど、多少はあったと自負している力をもう、滅多に感じません」

やや寂しげに洩らした。

ただの銀杏の大木を仙人大銀杏と呼んでいる二人は、子どもの頃から、人の見えないものが見えて、聞こえない音を聴けるようになりたい、なれるはずだという強い願いを抱き合っていたのである。

さらにゆめ姫がわだかまっていた想いをぶちまけると、

「わたしが市井に赴くのは楽しみのためではありません」

慶斉は言い切り、

「市井に出向いて諸事情に通じていたという、徳川家中興の祖と仰がれている有徳院《ゆうとくいん》（八代将軍吉宗）様にあやかってのことです。もとより、雑音の類《たぐい》など耳に入れず、わが道を行かれるあなた様のこととて、わたしたちの縁組みがどれだけ取り沙汰されているか、知ってはおられぬでしょうが、わたしのような凡夫は、日々、挨拶に押しかけてくる人たちに人酔いするほどなのです」

ふうと重いため息をついた。

「どのように取り沙汰されているのですか？」

「将軍職を巡ってのことです。次期将軍は年齢の離れたあなた様の兄上様に決まっていますが、その先が見えていません。兄上様のお子様方は女子が多く、一人育っている男子は生まれつき身体が弱く、ただ座っているのもむずかしいほどだと聞いております。折悪《おりあ》しく、御三家にも適した男子はおらず、三卿の一人であるこのわたしに白羽の矢が立ち始めているのです。これにはもちろん、わたしがあなた様と言い交わしているという前提も含まれています」

「つまり、あなたはわらわと夫婦《めおと》になって、いずれ将軍の座に上られるかもしれないというのですね」

「そうなればあなた様は、徳川家始まって以来の徳川の血を引く御台所とおなりです」

――日頃、浦路が言っていた、徳川に光明をもたらすというのはこのことだったのね――

「わらわは御台所になるために、慶斉様と夫婦になるのは嫌です」

ゆめ姫は本音を洩らした。

「あなた様なら、必ず、そうおっしゃると思っていました。ですので、わたしはあなた様が御台所になる可能性も含めて、わたしと添う気持ちになるまでお待ちしたいと思っています」

――この方は御台所になるわらわではない、ただのわらわではお嫌なのだわ。機があれば将軍におなりになりたいのだわ。わらわよりも将軍職が先決とは切ない。やはり、変わってしまわれた――

ゆめ姫は複雑な気持ちで慶斉のその言葉を受け止めた。

「わたしは早く、ゆめ姫様が大人になられることを願って待っています」

そう言い残して慶斉は背を向けた。

――これ以上、大人にならなければならないなんて酷い。でも、きっと、これしか、慶斉様との距離を縮める手段はないんだわ。でも、どうやったらなれるの？――

ゆめ姫は慶斉の背中に向けてため息をつきたくなった。

近くの茂みに隠れて聞いていた藤尾は、すぐに浦路と方忠が落ち合っている小部屋に急いだ。

そして、今までにない緊張で声を震わせつつ、この一部始終を話した。

「慶斉様の方から輿入れを延ばしてくださったのは何よりです。これで、わたしも一橋家の側用人に顔が立ちます」

方忠はほっと胸を撫で下ろした。

「慶斉様は分別のある立派なお方になられた。姫様を前に、早く、大人になれと申されたのはまこと、的を射たお言葉じゃ」

浦路は慶斉を褒め千切って、

「このように切り出されると、相手の心が自分から遠のいたような気がして、身体だけでも近くにいようと焦り、輿入れを延ばしたいなどと言ったことはけろりと忘れて、早くしたいと思うのが女心。これから忙しくなりますよ」

満面の笑みを浮かべて立ち上がろうとしたが、藤尾と方忠は途方にくれた表情でいた。

「何か、心配事でも？」

浦路に訊かれて、

「浦路殿は今回の福姫様の一件をお忘れですか？　あの姫様のことです。この先も一筋縄ではいかぬとわたしは思います」

方忠は膝に置いた拳《こぶし》を握りしめた。

「浦路殿のおっしゃるように、慶斉様のお言葉に姫様が傷ついてしまわれたのなら、引き籠もって心身を病まれかねません。わたくしはそれが案じられます。今の姫様にはお気持ちが明るくなり、身も心も浮き浮きと華やぐ大きな転機が必要のように思われます」

藤尾は思いきって自分の意見を口にした。

「なるほど、よく言い当てていますな」

頷いた方忠は感心した。

「姫様がご病気になどとんでもない‼　たしかにお好きなことならお心も浮き立とうというもの。そなた、姫様がお好きなことに心当たりは？」

切羽詰まった様子の浦路に訊かれ、

「姫様は市井に憧れておいでです。町娘など姫様ではないご様子にも――。一時でも市井で暮らすことができたら、どれだけお気持ちが晴れてお喜びになることか――」

思いきって藤尾が応えると、

「とんでもない」

大きく手を横に振ったのは方忠だった。

「危なすぎます」

手の振られ方は勢いを増した。

方忠の目と耳は浦路の相づちを待っていたが、

「その案、よいかもしれぬな」

意に反して、浦路は藤尾に向けて大きく頷いて、

「市井で下々のご苦労をなされば、今ある有り難みをおわかりいただけるやもしれぬ。こ

れは我《わ》が儘《まま》な姫の良き荒療治になろう」

確信ありげに言い切った。

「わたしは反対です」

なおも方忠が食い下がると、

「池本殿、あなた様の御妻女は家事を人任せにしない働き者と聞いていますが、それは真実ですか？」

浦路が訊いた。

「それはまあ、美形とは世辞にも申せませんが、奥向きのことはよくやってくれています」

方忠はもしやという不吉な予感がしたが、

「姫様をあなた様のところにお預けするというのはいかがでしょう？　あなた様も御自分のところなら、目を離さずにすんでご安心でしょうし、働き者の御妻女の元で姫様もよい経験を積まれることと思います」

見事的中した。

方忠は返す言葉が見つからず、うなだれるかのようにがっくりと肩を落として頷いた。

翌日、これを方忠から聞かされた将軍は、

「ほう、いよいよゆめも市井暮らしか。しかし、よいのう——」

羨ましげに呟いて許した。

第二話　ゆめ姫は凧に感じる

一

側用人《そばようにん》池本方忠に預けられることになったゆめ姫は、池本の屋敷で見るもの聞くもの新鮮な日々を送っている。

もっとも、方忠は妻の亀乃《かめの》に姫を引き合わせる際、恩人の遺児だと偽っていた。

「当家には男《おのこ》しかおりませんゆえ、少々手持ち無沙汰《ぶさた》でつまらなかったのです。ゆめ殿がいらしてくださって、花が咲いたようでうれしいです。我が屋敷と思ってごゆるりとお過ごしください」

挨拶《あいさつ》もそこそこに、ふっくらとどこもかしこも、藤尾より丸い亀乃が微笑《ほほえ》んだ。

「ここに居れば、きっと大人になれますよね」

ゆめ姫が思い詰めた目で問いかけると、

「そんな大それた導きがこのわたくしにできましょうか」

亀乃はふっくらとした身体《からだ》を鞠《まり》のように丸めたが、その目は、

「お任せください。どこに出しても恥ずかしくない女子《おなご》にしてみせます」

力強く応《こた》えていた。

梅雨明けが近いというのに雨の日が続いていた。

この日も朝からしとしとと雨が降っている。

「よく降りますね」

亀乃が針仕事の手を休めた。

向かいあって座っているゆめ姫は、端布《はぎれ》を着物と見立てて、端を折って、まつり縫いをほどこしていた。

まつり縫いは目を揃《そろ》えるのがむずかしく、時折、白魚のような姫の指にちくちくと針が刺さった。もちろん痛かったが、音を上げずにいる。

――掃除、洗濯、煮炊きと女子の仕事はいろいろあるけれど、針仕事が一番むずかしいわ――

亀乃は将軍側用人の奥方でありながら、こまごまとした家事全般を女中任せにはせず、自らの手でこなし、一日中、あれもこれもと楽しそうに身体を動かしていた。

ゆめ姫はそんな亀乃の家事の一部を手伝っている。

「さて、少し休んで、白玉でもいただきましょうか」

亀乃が厨《くりや》に立ったところで、姫はほっとため息をついて針を止めた。

ゆめ姫はここに来るまで白玉を口にしたことがなかった。

白玉は驚くほど簡単にできて美味《おい》しい。

耳たぶほどの固さに煉った白玉粉を、ぐらぐら煮立った湯に放して、浮き上がってきたところを掬《すく》いあげ、水で冷やして白砂糖をかけて食べる。

「お手伝いいたします」

ゆめ姫が立ち上がると、すでに、白玉の入った小鉢を盆に載せた亀乃が、

「それにはおよびませんよ。あなたに食べさせてあげたいと、前もって準備してあったので、ほーら、この通り――」

にっこり笑って座敷に入ってきた。

「今日は白蜜《しろみつ》にしてみたのですよ」

亀乃は白玉にかける蜜を工夫するのが得意だった。

「黒砂糖だけでは飽きてしまいますからね」

黒砂糖の時は黒蜜にして、大豆をきな粉に挽いてかける。

白砂糖の方は白蜜に煮詰める外に、抹茶を混ぜてかけることもあった。

「慣れぬ針仕事は疲れるようですね。そんな時に何よりでしょ、白蜜は甘くて――」

亀乃はゆめ姫が針仕事を、あまり得手としていないことを知っていた。

――針仕事も大人の女には欠かせぬたしなみ――

亀乃はゆめ姫をわが娘のように思い、優しく時に厳しく、知らぬことはあってはならぬ

と意気込んで教えているのである。

もっとも、将軍家の姫であるという、肝心なことは知らず、ゆめは夫方忠の大恩人、徳《とく》山文政《やまふみまさ》の遺児だと信じて疑っていなかったけれども――。

ゆめ姫は、

「ほんとうに美味しい。何と、身体のすみずみまで、元気が出る甘さでございますね」

白玉を食べ終わり、茶で喉《のど》を潤すと、針山に片付けておいた針を手にした。

すると、亀乃は急須《きゅうす》を手にして、

「今日はあなたと、虎《とら》が雨《あめ》の話をしたい気分なのですよ」

ゆめ姫の湯呑《ゆの》みに茶を注《つ》いだ。

「でも――」

ゆめ姫は躊躇《ちゅうちょ》した。

まだ、端布の端全部をまつり終えてはいない。

「それには明日という日があります」

亀乃は微笑んだ。

「今日は一月ほど前、梅雨入りの頃の虎が雨の話をいたしましょう」

亀乃は夫から、ゆめ姫に家事ばかりさせず、気持ちを和ませるようにと頼まれていた。

「ゆめ殿の亡き父上は、徳川家を含む武家の歴史にとても通じておられた」

この時、方忠は妻にこのようにも告げていたのである。

――こんなうっとうしい雨の日には、ゆめ殿の気の晴れる話をしてさしあげたい――

「虎が雨は、かの源頼朝公が天下を取った翌年、富士の裾野《すその》での巻狩りの最中、曾我《そが》兄弟が父の敵の宿所に押し入って仇《あだ》を討ったものの、成敗されて亡くなった日です。この日を、虎が雨というのは、兄弟の兄の方と契った遊女虎御前が、流した涙だということになっています」

亀乃が予期した通り、ゆめ姫は、はきはきと話をはじめた。

武家の歴史に通じているのは他ならぬ方忠で、ゆめ姫が子どもの頃、城の庭で遊んでいて雨が降って東屋《あずまや》に避難すると、方忠は必ずこの虎が雨の話を聞かせてくれたものだった。

「たしか兄弟の父親は、祖父の代わりに射殺《いころ》されたのでしたね」

亀乃も方忠同様くわしかった。

「祖父めがけてねらった矢が、的を外れて、息子である兄弟の父に当たったのです。もとを正せば、甥の領地を奪った兄弟の祖父が、あまりに強欲すぎたという説もあります」

「この時代の仇討ちは、今ではわかりかねるところがありますね。親族同士が血で血を洗っているようで、おぞましいばかりで――」

「今でもよくわかるのは、愛《いと》しい人に先立たれた虎御前の涙、悲しい気持ちだけなのかもしれません」

「なるほど、それで、虎が雨という言葉が残ったのですね。何だか、今日も虎が雨のよう――。武家でなければこのような悲しみは味わわずにすんだものを――」

亀乃は呟《つぶや》き、降りしきる雨を見つめながら表情を翳《かげ》らせた。

──どうなさったのかしら?──

ゆめ姫は側用人の奥方が人知れず涙する姿を見た。

しばらくして、雨が上がって晴れ間が見えると、

「ゆめ殿、一つ、お願いしたいことがあるのです」

「どうぞ、叔母上様、何なりと御用を仰せつけくださいませ」

ゆめ姫は亀乃と方忠を叔母上様、叔父上様と呼んでいた。

「久々に空が晴れました。それで凧《たこ》の虫干しをしなければと──」

「凧でございますか」

姫も凧はよく知っていた。

しかし、大奥では凧は正月の風物であった。毎年、年が明けるまで見かけたことがなかった。

「息子の凧が土蔵にしまってあるのです」

池本家には学問所と道場に通っている、嫡男の総一郎《そういちろう》という名の一人息子がいた。

「総一郎様は今でも新年に凧を上げておられるのですか」

「まさか。子どもの頃はもう夢中でしたけれどね。今は学問や剣術に精進していますから、蔵に凧があることなど、忘れてしまっているのやもしれません。けれども、まだ小さな身体で大きな凧を背負うように持って、上げに行く姿があまりに可愛《かわい》く、好ましかったので、

無駄だとわかっていても、翌年に備えて、手入れをせずにはいられないのです」

「きっと親ならではのお気持ちですね」

「いいえ、親と言ってもわたくしだけです。殿様は総一郎同様、お忘れではないかと思いますから。〝子というものは、親が子を思うほどは親を思わないものなのだ、だから、代変わりもできて、お家は安泰、下々の者たちも孫子の代を築くことができるのだ〟と仰せです」

そう言って亀乃は、はたと気がついた。

――いけない、ゆめ殿はご両親と死別されていたのだった――

「ごめんなさい、わたくし、迂闊《うかつ》にも、あなたには辛《つら》い話をしてしまったかもしれません」

亀乃は俯《うつむ》いたが、

「いいえ、叔母上様、わたくしは今はここにいることができるので、少しも寂しくはございません。家族ができたようにも感じています」

ゆめ姫は明るく応えて、

「ですから、どうか、わたくしに、凧の虫干しのお手伝いをさせてくださいませ。総一郎様だけではなく、叔母上様の大切な凧だと思って、念入りに陽《ひ》に当てさせていただきます」

「まあ、ゆめ殿、うれしいことを」

亀乃はぱっと顔を輝かせた。

「叔母上様、総一郎様にも白玉を」

ゆめ姫は今日は、総一郎が学問所にも道場にも通わない日であることを知っていた。

白玉は総一郎の好物でもある。

「いいのです、先ほど、あなたに納戸から針仕事の道具を取ってきてもらっている間に出かけてしまいましたから。当分帰っては来ないでしょう」

そう言いながら立ち上がると、厨に向かい、勝手口に揃えてある草履を履いた亀乃にゆめ姫も倣《なら》った。

「まあ、残念。凧の虫干しを見ていただいて、これほどの叔母上様の想《おも》いを総一郎様にもわかっていただきたかったのに――」

「何より、友達と過ごすのがいい年頃なので、何とも仕方がないのですよ」

亀乃は苦笑した。

「お友達ってどんな方々なのです？」

「総一郎は物静かな子で、賑《にぎ》やかに群れるのは好まない性質《たち》なのでお相手は一人です。お名は秋月修太郎《あきづきしゅうたろう》。ご身分は南町奉行所の町与力と聞いています」

「町与力なのですね――」

将軍家の側用人の息子と二百石取りの町与力とでは、身分に差がありすぎることは、世事に疎いゆめ姫でもわかった。

「ええ、町与力でいらっしゃいます」

亀乃は感謝の笑みを浮かべて、

「秋月殿は総一郎の命の恩人なのです。学問所では派閥めいたものがあって、属さないと手痛い仕打ちを受けるのです。総一郎の場合は、祭りの時に呼び出されて、大勢に殴る、蹴《け》るされて半死半生の目に遭いかけたのです。剣術を習っていたとはいえ、総一郎は真剣で勝負をしたことなどありません。ですから、腰の刀を抜けずにいると、通りかかった秋月殿が刀を抜いて助けてくださったのです。峰打ちでしたが、襲いかかってきた学友の中には、手足が折れた方々もいて、この方々のお父上が幕府の御重臣とあって、秋月殿は総一郎を助けたばかりに、奉行所で苦しいお立場におられるようです」

「それゆえ、総一郎様は案じられて秋月様を足しげくお訪ねなのですね」

ゆめ姫は得心したつもりだったが、

「わたくしも当初はそう思っていましたが、〝何故《なぜ》か、ウマが合うのです。秋月殿と話していると、いつしか遠慮も隔たりも無くなっているんです。ついこの間、知り合った相手とはとても思えない。楽しくて、時があっという間に、過ぎ去るのです。わたしより年下で、あの身分だというのに、人並みではない器の大きさです。――奉行所をお役ご免になっても、食っていけるから大丈夫――なんて、なかなか侍には言えない言葉ですしね。母上も秋月殿に会えば、人柄の面白さに圧倒されるはずです〟と、総一郎は言っています。わたくしも一度、お会いしたいものだと思っています。とても魅力的なお方なのでしょうね」

亀乃は期待を溢《あふ》れ出る微笑みに滲《にじ》ませた。

二

土蔵の中は暗く、ひんやりとしていた。

「どうしても、ここへしまいこんでおきますと、湿気がついてしまって。黴《かび》の生えてこないうちにと——」

亀乃は土蔵の奥から、二枚の凧を引っぱり出した。

「まあ、これ——」

ゆめ姫は、これによく似た絵柄を見たことがあると、思わず口に出しそうになった。大奥の庭で、兄のために上げられていた凧の絵柄に似ていたからである。

「月並みな義経殿と弁慶ですもの、きっと、どこかで見かけたことがおありなのでしょう」

「そうですね」

亀乃が言うからには、義経と弁慶の絵柄は人気があるにちがいなかった。

「さあさ、雨の来ないうちに、早くいたしましょう」

亀乃は凧を抱えたまま、ゆめ姫を促して、土蔵の外へ出ると、埃《ほこり》を払って二枚の凧を並べた。

「義経殿と弁慶といっても、いろいろな描き方があるんだそうですよ」

右にあったのは、鎧兜《よろいかぶと》をつけた義経に、弁慶が斬《き》りかかっているところを描いたものであった。

両者とも勇壮な武者という感じである。

左の方は五条大橋の場面のように思われる、牛若丸と呼ばれていた頃の義経が弁慶と闘っている絵柄であった。

「こちらが総一郎が上げていた凧です」

亀乃は牛若丸が描かれている、左の凧を指さした。

「あちらかと思いました」

姫は右の武者二人の絵図を見た。大奥の庭でよく見かけたのは、こちらに似た絵柄だった。

——男ならたいてい、武者らしく描かれている義経と弁慶を好むのではないかしら？

——

ゆめ姫の言葉を受けて、

「本当は総一郎も、そちらの方がいいようでしたよ」

つい洩《も》らした亀乃だったが、

「ではなぜ牛若丸の方を？」

ゆめ姫が不審に感じて追及すると、

「殿様が、どちらの凧にも、作った凧師の心がこめられている、ゆめゆめ粗末にしてはならぬと話して聞かすと、我慢強い総一郎らしく大人しくうなずいて、牛若丸の方を手にしたのです」

方忠の父親らしい言葉を引き合いに出した。

――ああ、でも、武者の義経の方だって凧師の心がこめられているでしょうに――

ゆめ姫は凧をめぐる親子の話に今一つ得心がいかなかった。

――総一郎様は一人息子なのだから、好きな方を選べばいいのに――。もしかして、武者絵の方は父親の方忠が執着していたのかも。それがわかっていて、総一郎様はお譲りになったのかしら？　でも、方忠は大人で父親で総一郎様は息子で子ども、そんなことがあるものかしら？――

ゆめ姫は心の中で首をかしげつつ、二枚の凧を見比べていた。

その時である。

凧などありはしないはずなのに、そばの空気がふわりと動いた。

――もしかして、これはこのところのあれでは？――

思う間もなく、見えていた凧の絵柄が変わった。

正確に言うならば、一部が変わっていた。

白布を行人包にして頭を覆った僧侶《そうりょ》姿の弁慶の代わりに、公家《くげ》の装束を着けた男が描かれている。右も左も、どちらの凧にもこの男の姿があった。

——でも、きっと公達《きんだち》ではないわ——

姫がそう思ったのは、男の顔の髭《ひげ》は濃く、眉《まゆ》も抜かれておらずに、全体に精悍《せいかん》な印象を受けたからであった。目つきも鋭い。

——それに、これに似た装束、どこかで見たことがある——

しかし、思い出せないままに、凧の絵柄はいつのまにか、元の弁慶に戻っていた。

「実はわたくし、この虎が雨から始まる梅雨の時季になると、ふと思うことがあるのですよ」

亀乃も凧を見ていた。

「わたくしたちの生きている今と、義経殿や弁慶の頃とでは、人の心がまるで違ってしまったなどとは考えられませんね」

「ええ、そう思います」

「弟の義経殿を兄の頼朝公が疎んでいたというのは、よく言われている話でしょう」

「義経殿は人気があったそうですから」

「お腹違いだったから、少なくとも頼朝公の方には、それほど情はなかったのだとか、競争相手だったのだとか、言われていますが、わたくしは時々、本当にそうだったのだろうかと思うのですよ」

「頼朝公に兄らしい、弟を想う気持ちがあったとおっしゃるのですか」

——同じような話を父上様から聞いたばかりだわ——

「ええ。もちろん、頼朝公が義経殿を疎んだことも、競争相手だったことも本当だったのでしょうが、それだけではなかったと思いたいのです。だって、二人とも人ですものね。頼朝公は義経殿との再会を喜び、二人は力を合わせて、宿敵の平家を滅ぼそうと誓ったこともあったわけですから」

「はい」

「わたくし、そういう兄弟ならではの温かい気持ちの通い合いが、虎が雨の曾我兄弟のように、頼朝公、義経殿の伝聞に残されていないのが残念に思えてならないのです」

会ったこともない昔の武人たちの話をしているというのに、亀乃は目を瞬《しばた》かせている。

――叔母上様は身につまされているご様子だわ。お身内に、どなたか兄弟姉妹を亡くされた方でもおいでなのかしら？　もしかして、叔母上様の兄弟姉妹に？――

よほど、ここまで身につまされる理由《わけ》を訊《き》いてみたかったが、今は常の亀乃とは異なる、言葉を掛けにくい、悲しみと厳しさが感じられた。

「たしかに」

ゆめ姫は共感だけ口にした。

「平家を滅ぼし、将軍職に就いた頼朝公は、きっと、義経殿に感謝していたと思いますよ」

亀乃の言葉を聞いて、

「あっ――」

ゆめ姫は小さく声を上げた。

「頼朝公は将軍におなりになった時、朝廷から官位を授けられておいでですね」

「ええ。上様と同じ、征夷大将軍におなりですから」

亀乃は反射的にひざまずいて、頭を垂れた。

――公家の装束を着けた男の人は頼朝公を描いたものだったのだわ。見たことがあると思ったのは、父上様がずっと前に見せてくださった、将軍職に就いた時の父上様の絵姿だったのね。お若かった父上様も頼朝公同様、眉など抜いておらずに、武家らしいりりしいお顔をされていた――

しかし、なぜ、二枚の凧の弁慶が、よりによって、頼朝に変わったのかとなると、皆目見当がつかなかった。

――いったい、誰が何を伝えようとしているのかしら――

「あらあら、また、降り出しそうな雲行きになってきましたね」

亀乃は曇ってきた空を見上げて、眉をひそめた。

「まあ、大変」

「もう少し、風を当ててあげたかったけれど――。でも、これで当分、思い出の品が黴だらけになるようなことはないでしょう」

二人は力を合わせて凧を土蔵に運び入れた。

そのとたんである。

ざーっと音をたてて、雨が降りはじめた。遠くで雷鳴がし、その音がだんだん近くなった。

「きゃあー」

亀乃が大声をあげて、ゆめ姫に抱きついてきた。

「ゆ、ゆめ殿、わ、わたくし、娘の頃から、雷、雷だけは嫌い。もう、怖くて、怖くて――」

「大丈夫ですよ、叔母上様」

ゆめ姫はぶるぶると震えている亀乃の背中をそっと撫《な》でて、

――いつもの叔母上様に戻られている――

ほっと安堵《あんど》した。

「ゆめ殿は雷が怖くないのですか？」

「ええ、まあ――」

実はゆめ姫は大奥で〝雷姫〟と異名を取っていた。

幼い頃から、雷を怖いとは感じないのである。

大奥の女中たちにも雷嫌いの者が多く、雷が鳴るたびに大騒ぎする。

それを聞いたゆめ姫は、そのたびに、自分の部屋の前に、〝雷退散〟と書いた札を貼《は》った。

すると、どういうわけか、ほどなく、雷は鳴り止《や》むのであった。

——今頃、大奥では、雷嫌いの浦路が率先して、〝雷退散〟のお札を貼っていることだろう——


しかし、まさか、ここで、〝雷退散〟の札を作るわけにはいかなかった。

あたりは暗いし、紙も筆もない。

仕方なく、姫は心の中だけで、ぶつぶつと〝雷退散〟と呟き続けた。

「やっと、鳴り止みましたね」

亀乃はほっとため息をついて、抱きついていたゆめ姫から離れると、

「まあ、わたくしとしたことが、若いあなたならいざしらず、雷ごときで——」

恥ずかしそうに言った。

「いいえ、わたくしも叔母上様とご一緒で、どんなに心強かったかしれません」

行きがかり上、雷が怖くないとは言えなかった。

「どうか、このことも殿様には内緒に——」

亀乃は念を押した。

雷に怯《おび》えることまで隠す必要などないのではないかと姫は不思議だった。

「叔父上様に、ずっとお隠しになっておいでなのですか」

「本来は、武士の妻たるもの、雷ごときを恐れてはなりませぬゆえ——」

亀乃はきゅっと唇を嚙《か》みしめた。

——そういえば、あの浦路も雷嫌いを隠していたわ——

思わず笑いがこみあげてきたが、思い詰めた様子の亀乃を笑うことができずに、ゆめ姫は痛いほど唇を噛んだ。

三

土蔵を出て、勝手口に戻ると、

「総一郎様がお帰りになっておられます。秋月様とご一緒です。途中、雨に降られたとかで、今、お二人のお着替えをお持ちしたところです」

上女中《かみじょちゅう》の一人が告げた。

「まあまあ、それではすぐに何か、温かいものを用意しなければいけませんね」

亀乃は甲斐甲斐《かいがい》しく襷掛《たすきが》けをして、厨に立った。

家事を取り仕切る自信に溢《あふ》れていて、ゆめ姫に抱きついて震えていた亀乃とは、とうてい同じ人物とは思えない。

「あの、わたくしも何か、お手伝いを――」

ゆめ姫の申し出に亀乃は首を振って、

「今日は朝から、あなたは働き通しですよ。針仕事もした上、凧の虫干しも手伝っていただきました。ですから、ここは、わたくしがいたします。座敷へおいでなさい。気兼ねなく、総一郎たちと楽しみなさい。秋月殿のお話は楽しいはずです。わたくしは残念ながら、今日のところは失礼しておきますが――」

優しく微笑んだ。

側用人の嫡男として生まれた池本総一郎は母親の亀乃に似た童顔でふくよかな容貌《ようぼう》の持ち主であり、おっとりした印象であった。

――お大名の方々にも多い、上品なお顔立ちだわ――

好奇心旺盛《おうせい》なゆめ姫は、父将軍のところまで、新年の挨拶に訪れる諸大名たちの様子を、こっそり覗《のぞ》き見たことがあったのである。

もっとも、総一郎は茫洋《ぼうよう》とした風貌に似合わず、鋭い観察眼の持ち主であった。

初対面の時、

「わたしは嫡男に生まれて、乳母日傘《おんばひがさ》で育ち、たいそう窮屈な思いをしましたが、きっと、あなたもそうでしょう。蝶《ちょう》よ花よと何人もの人にかしずかれて大きくなった、違いますか――」

ゆめ姫は図星を指され、狼狽《うろた》えたものであった。

――髪は武家の娘風に結い上げた高島田なのだし、着物は紬《つむぎ》の普段着。貧しすぎず、ありふれた武家娘のはずなのに――

すると総一郎は、

「わたしは身形《みなり》を言っているのではありません。あなたから滲み出てくるものについて、感じたことを言葉にしたまでです」

にっこりと笑った。

この一瞬、ゆめ姫は総一郎を警戒した。

──もしかして、この方、わらわの心がわかるのかも？　わらわがあんな夢を見るように、この方にも人の心や素性を見抜く目があるのでは？──

どんなにか、ゆめ姫は肝を冷やしたかしれなかった。

それで、咄嗟《とっさ》に、

「一人娘なので、多少はかまわれたかもしれません」

総一郎を試すことにした。

「ご両親は息災ですか」

──どうしよう、この方もわらわを試している──

どう答えようか迷っていると、

「あなたのお母上は、あなたに似て、さぞかしお綺麗《きれい》な方なのでしょうね」

総一郎はやや頰《ほお》を赤らめた。

──この方、今、〝──でしょうね〟とおっしゃったわ。生母上《ははうえ》様が生きていると思っている。じいたちにわらわの話を聞いていなかったのだわ。ということは──

「いいえ、母はわたくしを産んで後、流行病《はやりやまい》で亡くなりました。ですから、わたくし、母の顔を知らないのです」

ゆめ姫は総一郎に心を読まれていないことに安堵した。

「そうでしたか。いや、心ないことを訊いてしまいました。どうか、許してください。この通りです」

　総一郎は頭《こうべ》を垂れた。

　後で亀乃が、

「珍しく総一郎の口数が多くてびっくりしました。やはり、あの子も年頃なのですね」

　やや案じる顔で言っていたことが思い出された。

　――叔母上様は楽しんでとおっしゃったけれど、二人の若い殿方の前でどのように振舞ったらよいのかしら？　はしゃぐのは、はしたないと思われてしまうから――。ここではゆめ姫ではなく、武家娘のゆめなのだし――

　ゆめ姫は自分に言い聞かせて、総一郎が秋月修太郎をもてなしている客間へと急いだ。

　総一郎とは対照的に、秋月修太郎は色が黒く引き締まった身体の持ち主であった。長身の総一郎よりも頭一つ、背丈が低く、顔立ちは凧の武者の義経に似ている。

「ゆめにございます」

　下座に座ったゆめ姫は丁寧に挨拶をした。頭を深く垂れる挨拶も近頃は様になってきている。

　――この手の挨拶というものも、慣れぬ頃は気骨が折れたけれど、すっきりと気持ちのいいものだわ――

「秋月修太郎です」

　名乗った秋月は眩《まぶ》しそうにゆめ姫を見て、

「やはり、場違いであった」

何と立ち上がりかけたのである。

「困ります」

ゆめ姫はやや眉を上げて秋月の前に立ちはだかった。

「わたくしの顔を見たとたん、お帰りになられるとおっしゃるのは、何かご無礼があったからでしょうか？」

やはり、なかなか大人しくしていることなどできない姫であった。

「今日は楽しくやろう」

総一郎らしい引き留め方であった。

亀乃が厨から鰹《かつお》の筒切りきじ焼きを運んできた。

「まあまあ、何をしているの？　三人して突っ立って。総一郎、秋月殿にお座りいただきなさい」

無邪気な亀乃の叱責《しっせき》に気押されて、秋月は渋々と元の席に戻った。

「ご挨拶が遅れました。池本総一郎の母でございます。その節は息子の危ういところをお助けいただきありがとうございました」

亀乃は深々と秋月に頭を垂れた。

名乗って挨拶を返した秋月は、

「鰹ですね」

次の言葉に窮して、大皿に載った鰹の筒切りきじ焼きに目を細めた。

鰹の筒切りきじ焼きとは、胴を一寸（約三センチ）に輪切りにした鰹に串《くし》を打って、強火の遠火で醤油《しょうゆ》味に焼き上げる料理であった。

「もうとっくに初物は終わってしまい、鰹などたいして珍しくもない時季になってしまいましたが――」

亀乃は付け合わせを取りに一度厨へ戻った。

高価な走りの鰹が江戸に出回るのは、三月の末から四月の初めである。

初鰹は女房を質に入れても食べるのが、江戸っ子の心意気と言われている。

「たっぷりと美味しく召し上がって下さい」

亀乃は大皿に載っている筒切りきじ焼きの大きな切れを各自の皿に取り分けて、付け合わせを添えた。

付け合わせは酒と醤油で煮込んだ、さいころ型の煮抜き豆腐と紅葉おろしである。

「なつかしい」

呟いた秋月は箸《はし》を取った。

「鰹の筒切りきじ焼きが珍しいのか？」

総一郎は首をかしげた。

「いや、今年は、これが初めてなのだ。母が存命中は、この時季の菜は筒切りにして焼いた鰹と決まっていたのだが」

秋月は忙しく箸を動かしている。

「おかしな話だな。誰もが口にする今の時季の鰹を味わっていないとは――」

「それがし、まだ妻帯しておらず、賄いは年若い下働きがやってくれている。その下働きは好き嫌いが多く、どうやら鰹が嫌いなようだ」

「下働きに自分の好きな物ではなく、主《あるじ》の好きな物を作れと申しつけたらいいだろう」

「それがそうもいかぬのだ。下働きはそれがしの残り物を食べる決まりになっている」

秋月がついたため息は鰹の美味のゆえであった。

「しかし、おぬしは主ではないか」

今の総一郎は理詰めである。

「下働きともなれば、楽しみは食べることぐらいでしょう？　きっと、秋月様はその者に嫌いな物を食べさせるのを気の毒に思うのですよ、優しいこと――」

とうとう亀乃が口を出した。

――秋月様のお気持ち、わらわにも、わかるような気がする――

姫も大奥でずっと、同様の思いをしてきていた。

――そういえば、こんなことが――。わらわは長崎奉行からの献上品のお菓子がとても美味しかったので、お仲居に命じ、真似《まね》て作らせようとしたことがあった。けれども、お毒味役の者たちが、食べつけない南蛮菓子は喉を通らないと言っていることを聞き、気の毒になって、皆が好きな御所饅頭《まんじゆう》に変えたのだったわ。この方はきっと、ずっと幼い頃から並々ならぬ気遣いをされてきたに違いない。でも、どうして？――

「まあ、自分で申すのも何だが、とかく取り越し苦労をする性質なのさ」

笑い飛ばした秋月は銚子を手にして、

「どうです、先ほどの失礼のお詫《わ》びに一献――」

ゆめ姫に酒を勧めた。

「わたくしは不調法で――」

断ったが、目の前の膳《ぜん》にはいつもはない盃《さかずき》がのっていた。

――叔母上様だわ――

「どうやら、母上のお許しも出ているようですよ」

総一郎は姫の膳の盃を見逃さなかった。

「でも、わたくし、お酒は頂いたことがないのです」

姫は、まだ飲んでもいないのに真っ赤になった。

飲んだことこそなかったが、酒についての好奇心は人一倍だったからである。

――御酒《ごしゅ》を召し上がった方々は、普段、心に秘めていることを表に出して、ひどく心地よさげに見える。ただし、酔いが醒《さ》めると忘れてしまうようで、飲む前よりも、苦しげな様子をなさっていることがあるけれども――。あの時の慶斉様もそうだったし。でも、御酒とは奥が深いもの。できれば、わらわも試してみたい――

そこで姫ははっと気がついた。

——だめだわ。心に秘めていることが表に出てしまうのだとしたら、わらわは将軍家の姫であることを、口に出してしまうやもしれぬ。正体がわかってしまったら、池本家の人たち皆、かしこまって頭ばかり下げ、一つも楽しくなってしまう——

「まあ、そう言わずに形だけでも——。ここで盃を受けねば角が立ちますよ」

総一郎にも勧められ、

「それでは、形だけ」

ゆめ姫は渋々盃を手にした。

四

秋月が手にした銚子をゆめ姫の盃に傾ける。

その瞬間、姫はぱーっと明るい光の中に誘われた。

青く澄みきった高い空に凧が上がっている。

ゆらゆらと揺れる凧の絵柄は、見覚えのある牛若丸と弁慶であった。

凧を上げているのは、六、七歳ぐらいの少年の後ろ姿である。

少年にしては大柄で、凧は大空高く気持ちよく上がっている。

少年の後ろには三歳か四歳の男の子が立っている。

その目は少年が上げている凧を必死に追っていた。

〝兄上、兄上〟

親しげに呼びかけているので、この二人は兄弟だとわかった——。

「どうされました？」

　総一郎が案じた。

「いえ、何でもありません」

姫は酒の注がれた盃を落とさずにいた。

ほんの一瞬だったのだ。

見えた光景はまだ見えているかのように、目に焼き付いている。

「秋月様には兄上様か、弟御がおいでなのでしょう」

思い切ってゆめ姫は訊いた。

「それがしに兄などおりません。弟は——」

　秋月はこの先は続けなかった。

「では、土手で凧を上げたことがおありなのでは？」

「いや、それもありません。亡くなった母が凧上げが嫌いで——。凧上げに夢中になってしまって、人攫《さら》いに弟を掠《さら》われた兄弟の話を、友人から涙ながらに聞いて以来、子どもたちを凧で遊ばせまいと決めたのだと言っていました」

「義経殿と弁慶の凧を見たことは？」

「それなら見慣れています。義経殿が鎧姿のものや牛若丸と呼ばれていた頃のなど、いろいろ。人気の絵柄ですから。ただ、どうして、そんなことをそれがしにお訊《たず》ねになるのですか――」

秋月は不審な顔になった。

「義経殿と頼朝公の絵柄のものは?」

「そんなものは――」

総一郎と秋月は顔を見合わせた。

「おぬし、それがしのことをゆめ殿に話したのか」

秋月はむっとして総一郎に迫った。

「いや、していない」

総一郎はあわてた。

「ゆめ殿、あなたは富松座《とみまつざ》の秋の演《だ》し物にもなる、それがしが別名で書いたはずの戯作の筋をどうしてご存じなのか?」

秋月はゆめ姫に詰め寄った。

「それは――」

――このお方はわらわが総一郎様に抱いたのと同じ警戒をわらわに向けている――

複雑な想いのゆめ姫を尻目《しりめ》に、

「とにかく今日はこれで失礼する」

秋月修太郎は憮然《ぶぜん》とした面持ちで立ち上がった。

秋月が帰ってしまうと、

「どういたしましょう、わたくし、秋月様を怒らせてしまいましたわ」

ゆめ姫は青ざめた。

「肝心なお話の了解をいただき損ねましたね」

亀乃は太くため息をつき、

「実は父上がお帰りになるまで秋月を引き留めるつもりだったのです。このままでは、息子可愛さの御重臣方の横やりが入って、恩人がお役ご免になってしまうので、父上に何とか御重臣方に怒りを納めていただくようお願いしていたのです」

総一郎が説明を始めた。

「殿様も快く承諾してくださいましたが、まずは秋月修太郎なる恩人に会って、じかにお礼を申しあげたいとおっしゃって、それで――どうしましょう?」

亀乃は困惑顔になった。

聞いていたゆめ姫は、

――じかにお礼を言いたい気持ちはわかるけど、重臣たちに願うことなんてないじゃない? わざわざじいが骨を折らずとも、このわらわが父上様に話せば済むことだわ。そもそも、総一郎様も秋月様も一つも悪くなどないのだし――

今にもこうした言葉を口に出しそうになったが、

――いけない、いけない、今のわらわは将軍家息女のゆめ姫ではなく、身寄りのない武家娘のゆめなのだから――

思い切り強く唇を結んだ。

「秋月はあの通りの気性なので、縁あってわたしと友にはなるが、恩は売りたくないと言い通しているのです。それもあって、父上のことを告げずに連れてきたというわけです」

総一郎は途方に暮れている。

——やっぱり、わらわが叔母上様や総一郎様の計画を台無しにしてしまったのだわ——

知らずとゆめ姫は項垂《うなだ》れていた。

気がついた総一郎は、

「心配はいりませんよ。秋月は怒ったのではありません、驚いただけですから——」

宥《なだ》めにかかった。

「驚いただけ？」

「秋月がお役ご免になっても、食っていけると豪語しているのは、寄席で高座に上がる噺《はなし》家《か》も兼ねているからなのです」

「まあ、秋月様は噺をなさるのですね」

ゆめ姫は誰もが腹を抱えて笑ったり、涙の限りを振り絞るのだという噺や寄席にも憧《あこが》れていた。

——お城の庭に造らせた町並みにも寄席はあったわ。父上も若い頃、一度だけ、聴いたことがあって、あそこまでぞくぞくするような芸はこの世に無いとおっしゃっていた。おそらく、一人で何役もこなす妙技だからだろうと——。何って素敵な兼業なのでしょう！

思った通り、市井には楽しいことや出会いが降るほどあるのだわ‼――

「秋月は妹の婿に家督を譲って、市井で暮らしていたこともあったそうです。その経験が噺作りに役立ったと言っていました」

「どうして、一度譲った家督をまた引き継いだのでしょう？」

これは亀乃が訊いた。

「妹一家が流行風邪で赤子もろとも亡くなったからです。葬儀の席で母親に泣かれて、仕方なく、二足の草鞋を履く決意をしたのだそうです。もっとも、お役目大事なので、今のところ、高座には上らず、噺のネタや歌舞伎の戯作を書いているのだと聞いています」

「でも、まさか、富松座の秋の演し物に、義経殿や頼朝公が出てくるのではないでしょう？」

姫は恐る恐る訊いた。

「いや、そのまさかなのです。だから、秋月も驚いたのですよ。わたしは今日、久々に秋月に会い、秋本紅葉《あきもとこうよう》の名で書いた〝曾我流義経凧〟が評判を呼んでいて、秋には噺と芝居、両方になると聞きました。〝曾我流義経凧〟は秋月が、前から、書きたくてたまらなかったものだそうで、きっかけは繰り返しみる夢だというのです」

「その夢というのはどんな？――」

――自分の見た夢の話をするわけにはいかない――

「何でも、土蔵で凧の虫干しをしていて、凧の絵柄の弁慶が頼朝公に変わるのだそうです。

土手で凧をあげている兄弟が見えることもあるそうです。秋月は幼い頃からよくその夢を見たのだそうですよ」

「まあ、そうでしたの」

――わらわの見た夢や幻と同じだ――

「ただし、母親が亡くなってからは、凧だけの夢をよく見るのだとか――。母親の戒めで、秋月家にないはずの凧が、なぜか堂々と客間に飾られている、そして、その絵柄は義経殿と頼朝公という、見かけたことのないものなのだとか――」

「なるほど」

ゆめ姫は大きく頷《うなず》いていた。

――それなら秋月様が取り乱されるのも無理はないわ。何の前触れもなく、心の中にどかどかと押し入ってこられたのと同じなのだもの――

「秋月はどちらの夢も、気になって仕方がなかったのだそうです。ただし、嫌な想いではなくて、奇妙になつかしいのだと言っていました。そこで、その想いを込めて書いたところ、評判となり版元が戯作だけで終わらせるのは勿体《もったい》ない。寄席と芝居小屋に売り込んでやると言ってきたそうです。芝居にまでなるのは、舞台にすれば必ず大当たりする、曾我兄弟の話を元にしていたからかもしれないと言っていました」

「秋月様がお書きになっておいでなのは、曾我兄弟なのですか――。義経殿と頼朝公ではなく？」

ゆめ姫が首をかしげると、

「曾我兄弟の仇討ち話に、離れ離れになりながらも、志を貫いて平家を討った義経殿、頼朝公の話を加えたのが、秋月流なのだと聞きました。曾我兄弟を、義経殿、頼朝公のように、離れ離れに育ったことに変えて書いたのだそうです」

総一郎は説明した。

「まあ、それでは、秋月様は義経殿と頼朝公の兄弟愛を信じておいでなのですね」

ゆめ姫は何ともうれしくなった。

「本人にも、どうしてなのかはわからぬそうですよ。ただ、夢を見ているうちに、そう思えてならなくなったし、とにかく、離れていても通じ合う、兄弟の想いを書きたくて書きたくて、仕方がなくなったのだと言っていました」

「そうだったのですね」

笑ってまた、頷きかけたゆめ姫だったが、

――でも、なぜ、わらわは秋月様の夢の一部を見るのだろうか――

しょんぼりと肩を落としてしまった。

――わらわが見る夢には理由があるはず。いったい、今は誰がわらわに想いを託しておいでなのだろう？　姉上の福姫様の時のように、お役に立てた時はうれしく、ほっとするけれど、今のように、まるで霧の中を歩いているみたいに、何もわからないと、もし、お役に立てなかったらどうしようかと思い、気が塞《ふさ》いでならない。重く苦しい――

すると総一郎が突然、

「ゆめ殿、景気づけに一緒に酒を飲みませんか。さっきの続きです」

銚子を取り上げた。

五

「先ほども申しましたように、わたくし、お酒は頂いたことが――」

「大丈夫です。雛《ひな》節句の白酒なら飲まれたことがあるはずです」

白酒は大奥にいた時から馴染《なじ》みがあった。

「ええ、まあ、白酒なら」

「酒も白酒と同じですよ。心配はいりません。ほんの少し気持ちが軽くなるだけですから――」

――でも、もしわらわが将軍家のゆめ姫だと口にだしてしまったら――

躊躇したが、

――白酒と同じなら――

誘惑には勝てなかった。

「では、いただきます――」

ゆめ姫は盃を傾けた。

差しつ差されつが続いた。

──これは強い、よりによって、ゆめ殿がウワバミとは──

総一郎はそんな言葉を心の中で呟きながら、ほどなく酔いに負けて気を失ってしまった。

「まあまあ、だらしがない」

座敷を覗きにきた亀乃が眉根を寄せた。

「しっかりしなさい、総一郎」

声をかけたが返事はなく、すでに総一郎は高いびきである。

畳の上には、相当の数の空いた銚子が並んでいる。

「総一郎ときたら、たいして強くもないのに無茶をして──。恰好《かっこう》良いところをあなたに見せたかったのでしょうけれど」

──叔母上様は勘違いされておられる──

しかし、本当のことを打ち明けるわけにもいかず、

「御酒に強いのは殿方の甲斐性でございましょうか」

まずは訊いてみた。

「ええ、もちろん」

「では、女子の場合はいかがでございましょう」

「酒に強いなど、あってはならぬことです。女子はほんのちょっと盃に口をつけるだけと、決まっているのですから」

きっぱりと亀乃は言い切った。

――やはり、そうだったのだわ。わらわとしたことが――

ゆめ姫は悔いた。

「酔い潰《つぶ》れた姿など、家の者に、もちろん殿様にも見せたくありません。ですから、あなたと二人で、今から総一郎を部屋まで運ぶのです。力を貸していただけますね」

「はい」

姫は跳ね上がるように立ち上がった。

二人は総一郎を抱き起こすと、左右の腕の下に各々の肩を差し入れ、そろそろと廊下を歩き出した。

「まるで総一郎様が凧で、わたくしたちが糸のようですね」

酔いというもののせいか、姫は楽しい気分になった。足元も時折ふらつく。

「あら、風が吹いて凧が揺れております、揺れております、どうか、吹き飛ばされぬようご注意を、ご注意を」

楽しさは続く。

「ゆめ殿、総一郎につきあって、今日は少し御酒を過ごしましたね」

ぴしりと亀乃は言い当てた。

「はい、申しわけございません」

どうやら、亀乃には最初からわかっていたようである。

「初めてのことのようゆえ、今回は咎《とが》めませんが、女子は殿方より、御酒が強くあってはならぬのです。そのためには、くれぐれも過ごしてはならぬのですよ。わかりましたね」

「わかりました」

大きな声で応えたゆめ姫が深々と頭を垂れようとして、危うく、総一郎の身体が左側から廊下に倒れかけた。

「ゆめ殿、あなた、総一郎を放《ほう》り出すおつもりですか」

「いいえ、決してそのような」

しどろもどろになりながら、あわてて、総一郎の左腕を背中に担ぎなおした。

「だから、申し上げたでしょう。女子は酔ってはならぬと」

「はい」

こうして、総一郎は無事、自分の部屋で、さらなる高いびきを続けることになった。

翌朝、顔が合った時、

「白酒と一緒ではありませんね」

姫が恨み言を言うと、

「迷惑をかけたこととは思いますが、たぶん、久々によく眠れたはずですよ」

総一郎はふわふわとあくびをしながら応えた。

確かにその通りだった。

昨夜、ゆめ姫はからりと晴れた空のように、何の夢も見なかったのである。

夢を見ない眠りは気分がよかった。

「母上の手伝いでしごかれる日々はこたえるはずですしね」

「決してそんなことはありません。楽しんでお手伝いをさせていただいております」

ゆめ姫が勢いよく首を横に振ると、

「人は誰でも息抜きが必要なものです。そして、とかく辛い時は酒ですよ。酒に限る。ですから、こればかりは、母上の言うことを聞いていては駄目なのですよ」

総一郎は小声になった。

――このお方がここまでわらわのことを案じていてくださったとは――

ゆめ姫は胸の奥が温かくなった。

この日の昼下がり、手伝いを終えたゆめ姫は銀杏《いちょう》の根元に座っていた。

池本家にも仙人銀杏ほどではないが、そこそこ大きな銀杏がある。

――昨夜はお酒のせいで夢を見なかった。けれど、それはそれで気が重くなるとは？

よく眠れて心地はよかったけれど、わらわに訴えておいでの方が、がっかりされているのではないかと思うと申し訳ない。何だか、とても悪いことをしているような気がするわ。

ここで瞑目《めいもく》すれば何かわかるかも――

期待をかけてゆめ姫は目を閉じた。

芝居小屋の桟敷に座っていた。

ただし、父将軍が遊郭などと共に城内に作らせている、江戸市中の実物を模した芝居小屋である。

並んで見ているのは、浦路を筆頭に大奥の女中たちと、嫌々席についているのだろう、眠そうな目をしている老中たち、それに側用人の方忠らであった。

――秋なのね――

浦路たちの着ているものが袷《あわせ》に替わっている。

――もしかして、これは秋月様のお作？――

舞台の上では、沢村菊之丞《さわむらきくのじょう》が凩を手にしている。

沢村菊之丞のいる富松座一行が、父将軍の招きで江戸城を訪れている。

女形の菊之丞は若侍の形《なり》をしている。

そばに幼い男の子の姿があった。

背後から盗賊の形をした悪者が、そろそろと忍び寄っていく。

手に大きな黒い袋を持っていて、男の子に被《かぶ》せると横抱きにして、脱兎《だっと》のごとく駆けだして行った。

――人攫いの場面だわ。なるほど、ここで曾我兄弟は頼朝、義経兄弟のように引き離されるのね――

たしかに、そのように一部、筋を変えた方が曾我兄弟の仇討ちも、より感動的に思える。

――だって、こうして引き離されて、やっと会えて、艱難辛苦《かんなんしんく》の末、仇討ちを果たしたと思ったら、二人は成敗されて果ててしまうのですものね――

ゆめ姫は引き込まれ、知らずと涙を流していた。
絵凧が見えた。
牛若丸と弁慶、姫が土蔵で見た池本家の凧であった。
またしても、絵柄が変わった。
公家姿の頼朝公と義経殿に——。
秋月はこれについて、このところよく夢に見る絵柄だと言っていた——。
——なぜ、また、繰り返し見せるのだろう——
そう思ったところで何も見えなくなり、ゆめ姫は目を開いた。
——これでは皆目見当がつかず、何もわからない——
ゆめ姫は自信がなくなりかけていた。
そこへ、
「まあ、ゆめ殿、ここにいたのですね。秋月殿をお連れしましたよ」
亀乃が秋月修太郎と総一郎を伴ってきた。
「謝りに参ったのです。昨日は大人げないことをいたしました。この通りです」
秋月は頭を下げた。
「何か心配なことでもおありになるのでは？」
亀乃は案じるまなざしを秋月に向けた。
たしかに秋月の顔には晴れぬものがあった。

「ええ、実はご相談いたしたいことがありまして――」

「遠慮はいらぬぞ。何でも話してくれ」

総一郎は促した。

「昨夜、また凧を上げている子どもと幼子の夢を見たのですが、上がっている凧の絵柄を初めて見ました。近頃、よく見る夢に出てくる絵凧とは違うものでした。何というか、この凧は本当にこの目で見たことがある、覚えている、そう感じたのです――」

秋月は救いを求めるような目でゆめ姫を見た。

「その凧の絵柄は、あなたが見たことはないかと、初めて会ったときに、それがしに訊いてきた、牛若丸と弁慶のものだったのです」

これを訊いた姫は、

――ああ、そうだったのだわ――

はっと閃《ひらめ》くものがあって、

「叔母上様、もう一度、お蔵の凧を見せてくださいませ」

亀乃に頼んだ。

土蔵の前に立てかけられた総一郎の凧を前にして、

「あなたがご覧になって確かめたかったのは、この凧の絵柄のはずです」

秋月に念を押した。

「そうです」

秋月は大きく頷き、

「この色遣い、筆捌《さば》き、間違いありません。夢に出てきたものと同じです。けれども、どうしてこんな偶然が起きるのか――」

頭を抱えた。

「この絵凧ともう一つの義経殿、頼朝公のものが、交互に目の前に現れて、それがしの頭から離れなくなったのです。仕事も手につきません。筆が進まず、このままでは、〝曾我流義経凧〟を書き上げることができるかどうか――、どうしたらいいか――」

「心配ありません」

ゆめ姫はほっと安堵していた。

「舞台の予定は秋でしたね」

「はい。でも間に合うかどうか――」

「大丈夫、あなた様のお作は必ず芝居にもなります」

姫は言い切った。

「それに凧の絵柄は凶事ではなく、きっと、吉事の予兆です。どうかご安心ください」

――まさか、評判になって、今をときめく千両役者沢村菊之丞が大奥に呼ばれて、芝居を披露するまでになるとは言えないけれど――

「あなたの言葉を信じます。いや、正直に言いましょう、今は、ただ、信じたい――」

それだけ言うと、秋月は早く続きを書きたいからと帰って行った。

六

「まあ、いったいどうなることかと思ったら——。また、秋月殿をお引き留めしそびれてしまいましたが、あの方には書くお仕事への精進が先決とお見受けしました。殿様にはそうお伝えして、取りなしておきましょう。それにしても、ゆめ殿、よいことをされましたね。あなたの直感がよく冴《さ》えて、秋月殿へのまたとない励ましになったはずです」

蔵から出たところで、亀乃は姫に向けて満足そうに微笑んだ。

——よかった。叔母上様はこの経緯《いきさつ》や偶然を、わらわの直感の冴えだとばかり思っていてくださっている——

「ところで、叔母上様、この凧を作った方をご存じではありませんか」

ゆめ姫は凧の下に押された印を見ていた。飄吉《ひょうきち》とあった。

——秋月様の夢やわらわの夢で、ここにある牛若丸の絵柄の一部が変わって、弁慶が頼朝公になるのは、どなたかの御遺志で、謎《なぞ》を解くようにということではないかしら。謎はきっと、この凧を作った飄吉という人が握っているはず——。飄吉さんを探せば、その謎が解けるかもしれない——

「そればかりは無理なことなのです」

亀乃は大きく首を横に振った。

「飄吉さんはもうとっくに亡くなっているからです。これは殿様から聞いたお話です。飄吉さんは江戸一といわれた凧師で、将軍家のお子様方の凧を作って、納めたこともあるほどの腕だったのだそうです。殿様とはそのご縁で知り合っていたのです。ところが、瓢吉さんは、名人にありがちな気性で、何しろ、気難しく、弟子たちもなかなか居着かなかったとか——。病に罹《かか》って、もう長くないとわかった時、縁があった殿様のために、精魂こめて最後の凧を作り、亡くなる前日、取りに来て欲しいと報《しら》せてきたのだと聞いています」

「ということは、この凧はその名人と言われる方の遺作だったのですね」

ゆめ姫はしみじみと凧に見入った。

「瓢吉さんの得意な絵柄は、牛若丸と弁慶だったそうですよ。瓢吉さんの御先祖は関ヶ原で戦った三河《みかわ》の足軽で、上様への変わらぬ忠義を貫き通したいからと、武者の絵柄も含め、義経凧として大奥以外に納めたのは、当家だけだと聞きました」

「なるほど、大変なお宝だったのですね。父上が武者の義経の絵柄を欲しがったわたしに、牛若丸と弁慶を勧めた理由もわかりました」

総一郎がしみじみと呟いた時、突然、強すぎる風が吹いた。

ゆめ姫の見えている世界が不意に闇《やみ》に閉ざされた。

「目にごみが」

ゆめ姫はあわてて目を閉じた。

するとまた、凧の絵柄が広がりはじめた。

凧の絵柄は牛若丸と弁慶であった。

ただし、今さっきまで目にしていたものとは、少々、異なって見える。

構図と筆捌きは変わらないのだが、色遣いが鮮やかで、義経も弁慶も顔の表情が若々しい。

——別の人が描いた飄吉伝授の凧の絵？——

そう感じた姫の目に、見えていた凧がぐんぐんと縮んで、代わりに凧を前にしている凧師の姿が浮かび上がった。

脇には和紙に描かれた凧絵を、凧に仕上げるための竹骨が用意されている。

凧師は骨張りの真っ最中であった。竹骨とは竹を細く削って、凧絵に貼り付ける、いわば、凧の土台であった。凧師はすでに、何本もの竹骨で凧絵を凧に変えつつあった。

最後に補強のため、凧の左右両端の横骨に麻糸を結んで仕上げると、集中していた職人の頭がはじめて上がった。

——見慣れない、まだ二十歳にもなっていない若い顔、でも飄吉譲りの凧を拵えている——

「大丈夫ですか」

案じる亀乃の声が聞こえて、ゆめ姫は目を開いた。

いつものように、ほんの一時のことだったのだろう。

「わたくし、思いついたのですが、飄吉という名人の凧の技を、どなたかが受け継いでいるのではないかと――」

「それはよほど大事なことですか」

総一郎が訊くと、

「ええ、とても大事なことです」

姫は力をこめて念を押した。

「わかりました。それなら、わたしが、これから秋月のところへ出向いて訊ねてきましょう。町与力の秋月なら、飄吉凧を受け継いでいる者がいれば知っているはずです」

「どうかよろしくお願いいたします」


夕方近くに戻ってきた総一郎は、厨で亀乃の手伝いをしていたゆめ姫を廊下に連れ出すと、

「浅草の千軒長屋に住んでいる、二代目飄吉を名乗る凧師は初代飄吉の孫で、秋月に助けられているそうです。何と秋月は八丁堀の役宅を出て、市井で暮らしていた血気盛んな頃、喧嘩ばかりしていたそうです。そんな時、出会った初代飄吉が、〝俺にも出来の悪いごろつき同様の倅《せがれ》がいるんだが、あんたにはあいつのようになってほしくない〟とくどいほど言って、諫《いさ》め、噺家の道を歩み始めることができたのだとか――。それでこの初代が病死した後、ほどなくして倅も喧嘩に巻き込まれて死に、残された孫のめんどうを秋月はずっとみてきたのだと聞きました。秋月は大恩人の供養のためだと言っていましたが、なかな

か出来ぬことです」

「二代目瓢吉さんとはお会いになったのですね。どんなお話をされたのでしょう？」

「このところ、出回っていて人気がある、牛若丸と弁慶はこの二代目の作だそうです。二代目は、赤子の時、ごろつきの父親が初代瓢吉のところへ預けて姿をくらまして以来、ずっと祖父との二人の暮らしで、幼い頃から凧が好きでずっと瓢吉凧にあこがれていたそうです。いずれは祖父のようになりたいと考えていたそうですが、言い出せないうちに初代瓢吉が重い病にかかり亡くなったのだそうです。その際、初代瓢吉は〝おまえに何も残すものがないから、名をやろう〟と言って、二代目瓢吉を名乗ることを許したのだとか――。とはいえ、名だけあっても技が伴わなければ、名なんて何の意味もありません。それで、今まで懸命に凧作りに精進してきたのだと言っていました。初代の凧の技を見様見真似で自分のものにするのは難儀なことで、半年に一つとして凧が売れぬこともあり、どれだけ、秋月に世話になったかしれないと感謝していました」

「秋月様が二代目瓢吉さんをお訪ねになるようなことは？」

――恩を着せたくないあの方のことだから――

「子どもの頃、祖父の初代を訪ねてきた時、会っただけだと言っていました。〝もう、充分、結構です〟と文を書いても、金子が届くので、〝ここへ来てやっと、念願の牛若丸と弁慶が描ける腕に近づけました、ありがとうございました〟という文を、仕上げた義経凧に添えて、役宅まで届けようかと考えているところだと言っていました」

「二代目瓢吉さんに兄弟はおられないのでしょうか？」

——人攫いのあの夢は何だったのだろう？——

「聞いていません」

またしても、ゆめ姫は行き詰まってしまった。

——胍職人の祖父、孫と秋月様との交わりはわかったけれど、ここに夢がどう関《かか》わってくるのか、どうしてもわからない——

この夜、ゆめ姫はすっと早くから眠りに誘われた。

夢の中で姫は道に迷っている。

池本家の門の前に立っているはずなのに、そうではないようだった。

垣根に紫陽花《あじさい》の花がこぼれんばかりに咲いている。

〝お迷いになりましたか。組屋敷はどこも似ておりますものね〟

門が開いて、一人の老女が出てきた。痩《や》せた小さな身体を紫色の被布に包んでいる。

〝わたし、あなた様をお待ちいたしておりましたのよ〟

〝もしかして、あなたがわたくしに——〟

〝ええ、そうですとも。わたしがあなた様にお願いしていたのです〟

〝あなたは——〟

〝お察しの通り、わたしは秋月修太郎の母でございます。多加《たか》と申しましたが、もうすでにこの世の者ではございません〟

〝やはりそうでしたか〟

〝聞いてくださいますね。かつて、わたしが、如何《いか》に愚かな罪を犯したかを――〟

〝はい〟

〝わたしはいわゆる傘張り浪人の妻でした。暮らしは楽ではありませんでしたが、男児に恵まれ、幸せでした。しかし、生来あまり丈夫でなかった夫が風邪をこじらせて亡くなりました。わたしは遺された息子、修太郎の成長を楽しみに懸命に働きました。修太郎はすくすくと育ち、わたしの生きがいでした。そんなある日、修太郎にせがまれて散歩に出ての帰り道、突然、手をつないでいた修太郎がわたしの手を振りほどき、走り出して、川原を突っ切って川へ入りました。休んでいた渡りの水鳥に心惹《ひ》かれてのことでしょう。〝戻っていらっしゃい〟と叫びつつ、無我夢中でわたしは追いかけました。修太郎はずんずんと川の中を進んで行きます。気がついた時、川の水はわたしの首まであり、やっと抱き止めた修太郎は溺《おぼ》れて冷たくなっていました〟

ここで多加は溢れ出てきた涙を両袖で拭《ぬぐ》った。

七

〝さぞかしお辛いお気持ちでしたでしょう〟

ゆめ姫が相づちを打つと、多加は先を続けた。

〝この時、見上げた土手の空に牛若丸と弁慶が描かれた凧が見えました。わたしたちに気づいた武家の年老いた中間《ちゅうげん》が、小さな子どもの手を引いて川原に下りてきてくれました。その時、これ以上、何も起きなかったら、わたしが罪を犯すこともなかったでしょう。寒さも手伝ってか、この親切なご老人は急な心の臓の発作を起こされたのです。川から上がって介抱いたしましたが、すでにこと切れていました。不思議なものですね。馬鹿力は火事場だけではないのです。あれだけ水浸しになったというのに、わたしは少しも寒くなどありませんでした。気がついてみると、倒れたご老人が手を引いていた子の手を、しっかりと握りしめて歩いていました。その時のわたしは鬼であったと思います。死んだわが子とその子の着物を取り替え、その子の着物を着た、わが子を川に流しました。そのあたりでは溺れたが最後、滅多に見つからないということも、前から知っていました。だから大丈夫だと思ったのです〟

〝人の心は時に魔を引き寄せてしまうものです。ところで濡《ぬ》れていた着物はどうなさったの？〟

〝役宅に戻る途中、床店の古着屋の前を通りかかると呼び止められて、焚《た》いていた火で着物を乾かしてくれました。あの古着屋は商いに成功して、今は江戸錦《えどにしき》という店を構えています〟

——今でも、ここに訊きに行けば多加殿たちを覚えているかもしれない——

〝屓好きの兄と家族から引き離された子どもは、修太郎として育てられたのですね〟

〝すぐに、長屋を移りました。修太郎のことを知られないためです。その後、縁あって、で言ってくれたのです。秋月は長年独り身であり、子連れでも構わないとまで言ってくれたのです。罪を犯してしまったわたしのような女が二百石取りのしかも町与力を務める役人の奥様になってよいのかと迷いましたが、日々の暮らしを考えると、この縁にすがりついてしまいました。祝言を挙げた翌年、娘が生まれました。しかし、変わらず、旦那《だんな》様は分け隔てなく修太郎を愛しんでくださいました。わたしは自分のしたことへの後悔と今の幸せを失いたくないという気持ちで、毎日が針の筵《むしろ》に座っているようでした。普段のわたしは、修太郎が憎くなどありませんでした。あの時、死んで川に流したわが子の、生まれ変わりだと信じていたからです。ところが、娘と二人並んでいるところを見ると、どうにも、やりきれない思いが頭をもたげてくるのです。自分でも誰にぶつけたらいいかわからない、恨みに似た思いでした〟

〝それで、ご自分がなさったことを、お友達に聞いた話に替えて、凧を悪者にしたのですね〟

〝ええ。兄が上げる凧を見ていた、幼子だった修太郎の、うれしそうな笑顔を思い出すたびに、わが子が死んだことも含めて、あんなことさえなければと、かっと身体の血が熱くなって――。修太郎を憎む代わりに、凧で遊ぶのを禁じたのです〟

〝秋月様が家督を継がれると思うと、お心は修羅のようだったのでしょう〟

〝それはもう――。歳月が流れ、旦那様は先のない病の床に臥《ふ》しました。すると、何を思ったか、口答え一つしたことのない修太郎が、不意に家出してしまったのです。残した文には〝家は継がない、探してくれるな〟とありました。修太郎はいなくなり、わたしのお腹《なか》を痛めた娘に婿を取って一年後、旦那様は安堵して逝かれました。けれども人の命とはわからないものです。娘の出産を一か月後に控えたある日、娘一家は流行風邪であっという間に亡くなりました。娘の出産を一か月後に控えたある日、娘一家は流行風邪であっという間に亡くなりました。その頃、修太郎が断家になって、市村亭《てい》の高座に上っていると聞いたわたしは、妹の悲運を告げ、家に帰るよう説得しました。それから半年と経《た》たずに、わたしも、旦那様や娘の許《もと》へ参りましたが、今際《いまわ》の際に修太郎がこう申したのです。〝母上、長い間、さぞかしお苦しみだったことでしょう。これからは心安らかでおられることを祈っております〟と〟

〝秋月様はあなたの懊悩《おうのう》に気づいていたのですね〟

〝わたしは、あの子に辛く当たったことはないつもりです。けれども、きっと、あの子は、わたしの母性が自分に向いていないことに、気がついていたのだと思うのです。あのような形で、義弟に家督を譲ったあの子の気持ちを思うとわたしはもう――、自分の罪の深さを悔いるばかりで、あの子の清らかな心に何と感謝していいのか、自分のしてきたことを、どうやって償ったらいいか――〟

〝だから、血を分けた兄を探し出して、名乗りをあげさせ、罪滅ぼしをなさろうとしたのですね〟

〝ええ。向こうで凧職人の瓢吉さんにも頼まれましたし。修太郎が悪の道に逸れるのを引き戻してくださった瓢吉さんは、〝この世でやり残したことが一つある。どうして、お城へ納めてた義経凧をあいつに見せてやらなかったのかって、悔いられてなんねえよ。あれさえ見れば、あいつはきっと思い出す。血を分けた親兄弟に会えるっていうのに――〟と繰り返しおっしゃっていました。わたしは責められているようで――〟

多加はうなだれた。

〝わかりました。あなたのそのお気持ち、きっと、報われることと思います〟

〝ありがとうございます。これでわたしも、もう思い残すことはございません。あちらでは川に流したわが子の供養もございますし――〟

多加の姿が消えると、目が開いて、夜が明けていた。

早速、ゆめ姫は方忠を庭に呼び出した。

方忠は幾分か、ゆめ姫のゆめ力を知っている。

「じいのところにもう一人、男の子がいたとは知りませんでした」

ゆめ姫はずばりと言い当てた。

「火急の要件だとおっしゃるので何かと思いましたら、なにゆえ、そのようなことを――」

方忠の顔色が変わった。

ゆめ姫が昨夜の夢を話すと、

「たしかに当家には、安心して子どもたちを任せておける、年老いた中間がおりまして、あのような悲しい出来事にも関っておりました。総一郎は凧揚げに夢中になって、弟がいなくなったことに気づかなかったのを悔やみ、それがしや亀乃は、懐いているとはいえ、年配の中間に子どもたちを託したことで自分たちを責めたのです。あんなことがあってから、しばらくは暗い正月が続きました。それである年、〝あの話はもう決してしてはならない、亡くなった中間も含めて、悪い者などいないのだから、誰も思い出すことはない〟と言い渡し、封印したのです。総一郎は弟がいなくなってから、一度も凧を上げていないはずです。亀乃はいなくなった次男が息災でいてくれることを願って、凧の虫干しをしているようですが、わたしは立ち会ったことも、あの名人の凧をもう一度見たいとも思いません。正直申し上げまして、今更、蒸し返されるのは、やっと癒えた傷口を開かされるようなものです」

方忠は憤然と言い切った。

「掠われた方が元気に、すぐ近くに居て、しかも、総一郎様の身の危険を救った方であってもですか？」

「まさか――」

ゆめ姫の言葉に方忠は息を呑んだ。

「古着屋の江戸錦に十八年前の新年のことを訊いてください。濡れそぼった武家の御新造と、身形の整った幼子を見なかったかどうか――。その幼子こそ、じいの次男なのですから」

「そんな昔のことを――」

方忠は即座に一蹴《いっしゅう》しようとしたが、

「わたしは訊いてみたいです」

「わたくしも」

総一郎と亀乃が隠れていた木立の陰から出てきた。

「信二郎《しんじろう》に会いたいです」

「わたしだって」

二人の目が濡れていた。

「そうだな」

大きく頷いた方忠の目も濡れた。

総一郎は事情を秋月にあてた文にしたためた。

古着屋の江戸錦以外の手掛かりについては、ゆめ姫は方便を用いた。

——わらわの夢の話はまだできない——

偶然にも、秋月家と池本家の菩提寺《ぼだいじ》が同じだったことから思いついたのである。

秋月の母多加が文にしたためて、菩提寺の住職に預け、自分が死んだ後に生みの親を探してほしいと言い残していて、池本家の事情を知る住職がもしやということで、方忠に知らせてきたことにしたのである。

これには方忠も一役買った。

修太郎が訪ねて行った際、辻褄《つじつま》を合わせるよう、住職を説き伏せてくれたのである。

「秋月殿のお母上のお話、もう、わたくし、泣けて泣けて——。偶然、通りかかって、野犬に襲われそうになっていた信二郎をお助けくださったばかりか、育ててくださったなんて、何てご立派なのでしょう。武士の妻の鑑です。母として感謝してもしきれません」

亀乃が知らされた文の内容は、幾分事実と異なっている。

亀乃までが、秋月修太郎の母の罪を掘り下げて知る必要はないと、判断したのである。

——常に清らかなお気持ちの叔母上様が、醜い真相までお知りになることはない——

ゆめ姫の見えている世界がまた、不意に闇に閉ざされた。

——これは何？　いったい何なの？——

目が慣れてくると夢で蔵の中であることがわかった。

〝困った、困った〟

方忠の声である。

〝まあ、どうされました？〟

亀乃が受け応える。

〝兄弟そろって兜を被った勇ましい武者の義経に夢中だ〟

〝義経凧の取り合いですね〟

〝やれやれ、また、総一郎に我慢をさせてしまった〟

そこでぱーっと一筋の光が土蔵に差し込んだ。

ゆめ姫が夢で見ていた兄弟の姿が照らし出された。

〝そうだったのか〟

兄は牛若丸と弁慶の凧を手にしている。

幼子の弟もなぜか、同じものを抱えていた。

二人の目と目が合ったとたん、するすると背丈が伸びた。

「そうだったのですね」

今度は弟が念を押した。

その顔は秋月修太郎のもので、頷いた兄は総一郎であった。

二人の目からは再会を喜ぶ涙が溢れ出ていた。

「兄さん」

秋月修太郎、いや信二郎は上背のある兄の大きな身体に飛び込んで行き、受けとめた総一郎は、

「信二郎、信二郎、おまえはこの世で一番に信じられる友達なんだ。だから、信という字を取って信二郎。でも断じて二番目などではないぞ。俺はおまえが産まれたのを見て知っている。おまえと俺とは切っても切れない兄弟なんだ」

大粒の涙を弟の小袖の背に降らせた。

第三話　ゆめ姫が二人？

一

空は青く澄み、芳《かぐわ》しい菊の香が漂ってきていた。
昨夜ゆめ姫は自分が生まれてほどなく、この世を去った生母お菊の方の姿を見た。
断るまでもないが、夢の中での出来事である。
夢の中の生母は楚々《そそ》としつつも、大輪の菊のように艶《あで》やかだった。
「ゆめ殿、ゆめ殿」
亀乃に呼ばれてゆめ姫は庭へ下りた。
「叔母上様、何でございましょうか」
庭は一面に菊の花で埋まっている。
その色は、白、黄、赤、紫、加えて赤と白、桃色の濃淡と実にさまざまであった。
大きさは大輪のものから、野菊を想《おも》わせる小さなものまである。
華やかなのは色や大きさだけではない。盛り上がるように大きく咲く厚物、奔放に開く花びらが特徴の江戸菊、花火を想わせる管物《くだもの》等と、形もまた、多種多様であった。

「わたくしが一番好きな菊が咲いたので、あなたにも見てほしくて、声をかけたのです」

亀乃はにこにこと笑って、とりわけ、日当たりいい場所へと姫を誘った。

「まあ、綺麗《きれい》」

思わずゆめ姫は声をあげた。

「大摑《おおづか》みですよ」

大摑みとはこんもりと大きく咲く厚物を品種改良したものである。

盛り上がって咲く様子が、両手を摑みあげたように見えるので、この名が付けられている。

襟足に後れ毛を残している、美女の後ろ姿のようにも見える。色香と清々しさが感じられた。

「この大摑みは〝お菊の方〟という名なのですよ」

亀乃は桜色の大摑みを愛《いと》おしむように見つめた。

「〝お菊の方〟、それなら――」

姫が言いかけて口をつぐんだのは、〝お菊の方〟という名がつけられた菊を知っていたからである。

だが、大奥の庭にあるその菊は、大輪の大摑みではなかった。

可憐《かれん》だが黄色くて小さな小菊であった。

大奥の側室には、格というものがあって、厚物や大摑み、一文字などの大輪の菊は、武家の出の側室の名が付けられていた。厚物や大摑みには、お菊の方のように、出自が市井の者の名は、付けることが許されなかった。

「お菊の方様が急な病で亡くなられた翌年の秋、殿様が上様から賜ったものなのです。上様が菊職人に命じて、特別に作らせたのだと聞きました。わたくしどもに賜ったのは、大奥の庭ではこれを〝お菊の方〟とは呼ぶことができないからと仰せられて――」

――たしかに生母《はは》上様《うえ》には、小菊よりこの大摑みの方がお似合いだわ。それに何より、父上様は生母上様の思い出をお残しになりたかったのだ――

ゆめ姫は急に胸が詰まった。

――そこまで父上様は生母上様を愛おしまれておいでだったのだ――

「わたくし、毎年、屋敷内でこの〝お菊の方〟を綺麗に咲かせることが、上様へのご奉公と肝に銘じているのです。もしかしたら、花の時期には、お二人が夢でお会いになれるかもしれないなんて、埒《らち》もないことを想ったりするのです」

「きっとお会いになれますよ」

姫は真顔で相づちを打った。

父将軍も生母お菊の方の夢を見てほしいとゆめ姫は心から思った。

裏庭を抜けて来たのだろう。

「それがしです」

方忠のはからいで奉行所をお役ご免にもならず、秋月修太郎のままで与力の仕事と秋本紅葉の名で噺《はなし》や芝居の台本を書き続けている信二郎が顔を出した。

八丁堀の役宅住まいのままの秋月は、池本家を訪ねる時に限って、実の両親と兄に信二郎と呼ばれていた。

「殿様の本心は与力を辞めさせて、せめて御番入りさせてやりたいのでしょうけれど、あの気性では断られてしまうとおっしゃってそのままなのですよ。わたくしたち、あの子に気に染まぬことを押しつけたら、またどこかへいなくなってしまうような気がして——。総一郎のことは兄上と呼ぶのに、わたくしたちのことはまだ、父上、母上と呼んでくれないのは寂しいけれど、時々は信二郎と会える——生きていてくれただけでいいで満足することにしたのです。昔から、幸福は後ろ髪がないと言いますからね」

亀乃は焦らず慎重に信二郎との絆《きずな》を深めて行こうとしている。

「さて、信二郎殿、今日は何を召し上がりたいのです？」

実母に訊《き》かれ、

「実は今日は菓子や夕餉《ゆうげ》を馳走《ちそう》になりに来たのではありません。ゆめ殿にお力添えをいただきにまいったのです。夕刻までには必ずこちらへお送りいたしますので、役宅までお連れしてよろしいでしょうか？」

信二郎は意外な頼みを口にした。

「それは与力としてのお役目上の頼みですか？　それとも戯作《げさく》を書くためのもの？」

〝曾我流義経凧《だこ》〟が嘶と芝居で大当たりして以来、戯作者秋本紅葉の名は一気に高まっている。

「お役目ではありますが、結果、いつかは書くネタになるかもしれません」

信二郎は正直に応《こた》えた。

「ゆめ殿さえよければ――」

亀乃はゆめ姫の方を見た。

その顔は信二郎の頼みを聞いてやってほしいと懇願している。

――もしかして、やっとわらわはこのお屋敷の外に出られるのだわ。じいが知ったら、どんな顔をするだろう？――

はや、ゆめ姫はわくわくしてきたが、

「わたくしでお役に立つことでございましたら何なりと――」

俯《うつむ》いて控えめな物言いをした。

――それと、初対面でわらわから逃げ出した信二郎様の方から、声を掛けてくださるとは思っても見なかった――

ゆめ姫はそれもうれしかった。

「それではお願いいたします」

ゆめ姫は信二郎と連れ立って池本家の外に出た。

途中、信二郎は、

「実は役宅に人を待たせております。その者は何やら心に重石《おもし》を抱えているようなのです。ふっとした時に見せる浮かない顔が気掛かりで――。稼業は順調そのものなのですが、なぜか危うさが感じられて――。それがしにはそこまでしかわからぬのですが、摩訶《まか》不思議なお力で、血のつながった家族と引き合わせてくれたあなたなら、さらなる深みがわかるのではないかと思うのです」

言葉を選んで、ゆめ姫の夢力に触れてきた。

――何とこの人はわらわの力に気がついている――

ゆめ姫は唖然《あぜん》として一瞬言葉を失ったが、

「どうして、このわたくしのようなものに、さらなる深みがわかるとお思いなのです？」

切り返すことはできた。

「あなたには人に見えぬものが見える、そんな気がするのです」

「偶然です」

「そうかもしれません。ですが、それがしの知り合いを助けられるのは、あなただけのような気がするのです」

「そのお知り合いに恩がおありなのですね」

「〝曾我流義経凧〟が噺や芝居になるほど売れたのは、その知り合いが力を尽くしてくれたからなのです」

「わかりました。助けられるかどうかは、やってみなければわかりませんが、お会いしてみましょう」

こうして、ゆめ姫はその相手と信二郎の役宅で会った。

信二郎の友人の遠縁で、年若であるが、人の悩みに応えることができるというふれこみである。

役宅の縁側には、身の丈よりも高い、大きな包みを背負い込んだ小柄な男が待っていた。

年の頃は三十を幾つか出たぐらい、決して、男前とは言えなかったが、邪心のない童顔には、なぜか、魅せられるものがあった。

突然、ゆめ姫は目の前が真っ暗になった。

やがて薄く光の輪が広がっていく。

――見えているのは、今、お目にかかっている方だわ――

男は大きな包みを背負い込んだまま、地べたに横たわっている。

着物も包みも泥だらけで、顔や手には擦り傷が出来ていた。

男は胸に手を当てているが、刺された傷はない。しかし、その顔には、すでに死相が現れていた。

――どうして、このようなことが――

「芝神明の宮木屋《みやぎや》、主《あるじ》の重助《じゆうすけ》さんですよ」

我に返ったゆめ姫に信二郎の言葉が聞こえてきた。

「宮木屋でございます」

重助は大きな包みを背負い込んだまま、丁寧に腰を折って頭《こうべ》を垂れた。

ゆめ姫は宮木屋重助をじっと見つめた。

――お元気そうに見える。とても、この方が往来で倒れて亡くなってしまうとは思えない。さっきのは見間違えかもしれないわ。今までは夢は必ず真実《まこと》を映していたけれども、中には間違いだってあるかもしれないのですもの。でも――

この不思議さは後を引くだろうと姫は思った。

「まあ、宮木屋のご主人でしたのね――」

ゆめ姫は感動して目を瞠《みは》った。

宮木屋といえば、芝神明では評判の絵草紙屋だったからである。

城の外のことは、ほとんど何も知らない姫であったが、読本には目がなく、藤尾を通して宿下がりの女中を芝神明まで買いに立ち寄らせることもあって、どこの店が繁盛しているかまで知っていた。

藤尾によれば、今や宮木屋は、絵草紙屋ばかり軒を並べている芝神明の中で、飛ぶ鳥を落とす勢いだという。

「何といっても、お値段が良心的なんですよ。それでいて品がいいのですもの、人が押しかけて当たり前です」

藤尾は評した。

——けれど、宮木屋の主人がなぜ、このような姿をしているのだろう——

ゆめ姫とて、繁盛している商家の主が、行商人のような姿をしているのは、おかしなことだということぐらい、わかるのである。

——このような形《なり》をされているから、あんなことにもなるのだわ——

姫の目には包みを背負って行き倒れていた重助が、しっかり焼き付いている。

——間違いであるといいけれど——

ゆめ姫の胸中など知る由もない重助は、

「以前、宮木屋はてまえ一人で商っておりました。てまえは本が好きでしたので、今、こうしておりますように、本を背負って、家々を回っておりました。それがいつのまにか、店を持てるようにまでなって——。これも皆、てまえから本を借りてくだすった皆様のおかげです。その感謝を忘れたくなくて、てまえは今も日を決めて、こうして歩いているのです」

また頭を垂れた。

「それはまた立派な心がけですね。けれど、宮木屋のご主人ともなれば、おつきあいとか、相応のお仕事もおありでしょう。このようなことまでするのは、働きすぎではありませんか」

ゆめ姫がじい、池本方忠の身に重ねて案じると、

「苦にはなりません。何より、てまえはこうして、お家騒動や仇討《あだう》ちものなぞの読本の話

をするのが、大好きでございますから」

重助はそう言って微笑《ほほえ》み、

「実は重助さんが今日ここへ来たのは、仕事ではないのです。気に掛かってならないお相手のことなのです」

信二郎が切り出した。

——そうだったわ——

ゆめ姫は次なる展開を待った。

「気になってならないことがあるそうです。それでは、重助さん、始めましょう」

「よろしいのですか」

重助はおずおずと聞き、信二郎が大きく頷《うなず》くのを見て、

「それでは——」

沓脱石《くつぬぎいし》で履物を脱いで縁側から上がり、座敷でゆめ姫と向かい合った。

——信二郎様はわらわにこの方の心の中《うち》にある他の人では見えないものを見させたいのだわ——

ゆめ姫は目を閉じた。

二

「何か見えましたか」

「それが御期待に添えず何も――」

「焼け野原や荒家《あばらや》は見えませんでしたか」

信二郎が再度訊《たず》ねると、

「わたしの夢には出てきたのですが」

重助が残念そうに言った。

「何かお悩み事がおありなのですか」

ゆめ姫は重助に目を転じた。

「重助さん、事情を話してください」

「近頃、〝浅茅《あさじ》が宿《やど》〟の夢をよく見るのです。一面の焼け野原とぽつんと立っている荒家
――」

「〝浅茅が宿〟とは、あの〝雨月物語〟のお話ですね」

ゆめ姫は興味を惹《ひ》かれた。

〝雨月物語〟とは上田秋成の書いた怪奇ものの読本であった。

「ええ、そうです」

「〝浅茅が宿〟によほど、思い入れがおありなのですね」

「よく、おわかりになりましたね」

重助は驚いた。

「ええ、でもお心を読んだわけではありません。だって、お店の名が宮木屋ですもの。宮

木というのは、〝浅茅が宿〟に出てくる妻の名でしょう？」

〝浅茅が宿〟とは、戦乱が続く無常な世に翻弄された、夫婦の悲しい物語であった。

その夫婦の妻の名が宮木という。

宮木は夫が都に出仕して、故郷《くに》を留守にしていた間に病死してしまう。

宮木の夫を慕う気持ちは深く、夫がやっと戻ってきた時には、生きている時と同じ姿でいそいそと出迎える。

しかし、一夜明けてみると、宮木の姿はなく、夫は妻が眠る塚と辞世の歌を見つけ、涙に掻き暮れる、という筋の話であった。

「店の名は宮木にちなんで付けました。〝浅茅が宿〟はてまえにとって、思い出深い話なのです」

そこで重助は、〝浅茅が宿〟にまつわる話を語った。

「てまえがまだ一人で、貸本屋の商いをしている頃のことでした。毎日のように、芝神明に立ち並ぶ絵草紙屋の前を通っていました。その頃は老舗《しにせ》の佐野屋《さのや》さんの品揃《しなぞろ》えが一番よかったのです。そんなある夏の日、佐野屋さんの前で目を止めると、今まで見かけたことのない、綺麗な娘さんが店番をしていて、〝雨月物語〟を読んでいたのです。てまえはその本が欲しい欲しいと思っていたところでした。しかし、持ち合わせはないし、第一、売り物かどうかもわからない。しばらくじっとその娘さんと本を見ていました。諦《あきら》めきれなかったのです。それでも、諦めるしかないと悟って、すごすごと立ち去ろうとした時、

〝お待ちください〟と、その娘さんが声をかけてきてくれたのです」

「まあ、艶《つや》のあるお話でしたのね」

つい口から出たゆめ姫の言葉に、重助は耳の付け根まで赤くした。

「そんな大それた――。違いますよ、そんなもんじゃ、ありませんったら」

「でも、重助さん、先ほど聞いた話じゃ、当たらずといえども遠からずでしたよ」

信二郎は冷やかしながら先を促した。

「娘さんは名をしのと言いました。佐野屋さんの一人娘で、自分は〝雨月物語〟が好きなのだが、じっと本を見ていたてまえも、きっと同じなのではないかと思う、ちょうど読み終わったところだから、よかったらどうぞと差し出してくれたのです。てまえはもう天にも昇る気持ちでした」

「あなたが天にも昇る気持ちになったのは、〝雨月物語〟だけのせいではなかったはずですよね」

ゆめ姫はやっとの思いで笑いを噛《か》み殺した。

「おっしゃる通りです」

顔を赤らめたまま重助はうなずいた。

「今にして思えば、てまえが佐野屋さんからなかなか立ち去れなかったのは、おしのさんに一目惚《ひとめぼ》れしたせいもあったのです」

重助の初々しい恋模様を聞いていると、さっき見えたのはやはり見間違いだったように思えてきて、ゆめ姫は安堵《あんど》した。

「それから、おしのさんとは、ちょくちょく話をするようになりました。人目があるので、寺の裏庭なぞで待ち合わせて、暗くなるのも忘れて話したものです。話といっても、互いに好きな本の話ばかりです。〝雨月物語〟は二人とも大好きだったので、夢中になって話しました。特に〝浅茅が宿〟はおしのさんが大好きな話でした。あのような夫婦《めおと》になりたいというのが口癖でした」

重助は当時をなつかしむような目色になっている。

「その後、お二人は――」

ゆめ姫は控えめに先を促した。

「それは――」

重助の顔が翳《かげ》った。

「忘れもしない、寺の境内に萩《はぎ》の花が咲く頃のことでした。おしのさんの様子がいつもと違いました。話をしていても、心ここにあらずで、顔色が優れないのです。理由《わけ》を訊くと、もうすぐ、祝言を挙げなければならなくなったのだと言って、涙を流したのです。当時、おしのさんのおとっつぁん、佐野屋の旦那《だんな》様は重い病で臥《ふ》せっていて、〝せめて、娘の花嫁姿を見て死にたい〟と、繰り返し言っていたのだそうです。だから、仕方がないのだと、おしのさんは婿を取る覚悟を決めたのでした。そうなれば、今のようには会うことができなくなると、おしのさんは別れの言葉を口にしたのです」

「重助さん、どうして、あなたは佐野屋さんのお婿さんになろうとしなかったのですか?」

ゆめ姫は憤然とした。

「本がそれほど好きなら、絵草紙屋の跡継ぎにはぴったりのはずです」

「そうでしたね」

重助は大きなため息をついた。

「今にして思えば、ほんとうにその通りでした。でも、あの当時のてまえには、とてもとても、そんな大それた思いを抱くことなんぞ、できはしなかったのです。てまえはその日その日、本を貸し歩いて暮らしを立てている、しがない貸本屋でしかなかったのですから。ただただ、老舗の佐野屋さんの暖簾《のれん》がまぶしいばかりで――」

「そんな成り行きで、あなた方は別れてしまわれたのですね」

ゆめ姫はふうとため息をついて、

「おしのさんはその後、どうされたのでしょう?」

訊かずにはいられなかった。

そっと目を伏せると、またしても、さっきと同じ光景が、倒れて死にかけている重助が見えた。

――間違いじゃないわ――

姫の顔からすっと血の気が引いた。

「おしのさんの婚礼は、それはそれは立派なものでした。婿になった芳太郎《よしたろう》さんは、駒込《こまごめ》の酒問屋の三男で、生まれも育ちもいい上に、大変な男前と評判の男《ひと》でした。これは、佐野屋の旦那の一世一代の大仕事だ、婚礼も婿も三国一だと、芝神明界隈《かいわい》では噂《うわさ》になったものでした。てまえはどうしても、おしのさんの花嫁姿を見たくて、佐野屋さんの下働きに頼んで、佐野屋さんの庭に入れてもらいました。一目だけでもいい、花嫁姿のおしのさんを見たかったのです。金屏風《きんびょうぶ》を背にして座っているおしのさんは、それはそれは綺麗でした。この世の者とは思えないほどに——。天女のようでした。おそらく、綿帽子を被《かぶ》って、うつむいていたおしのさんは、てまえになんぞ気づいてはいなかったでしょう。てまえは、その時、一生このまま気づかれずにいてもいい、気づかれれば、かえって、おしのさんを苦しめてしまうかもしれない、だから、ただ黙って近くにいて、おしのさんの幸福を祈ろうと決めたのです。もう、五年も前のことになります」

「それで、佐野屋のある芝神明に店を構えたのですね」

「てまえは懸命に働きました。不思議にも、おしのさんに、〝雨月物語〟をもらってからというもの、商いの運が上向きになって、とうとう、店を持てるまでになったのです。けれども、花嫁姿が、おしのさんを見た最後になりました」

そう言って、沈んだ表情の重助は肩を落とした。

「何年も、同じ界隈にいて、一度もおしのさんを見ていないのは、おかしなことではありませんか」

ゆめ姫は胸騒ぎがした。

「おしのさんは病んでいたのです」

重助の顔が苦渋に満ちた。

「まだ、お若いというのに——」

ゆめ姫は声を詰まらせた。

「何の病だったのか」

信二郎が率直に訊いた。

「近所の噂では気の病とのことでした」

「もしや、あなたを忘れられず、婿殿が気に染まなかったのでは？」

「それは何とも——」

口を濁した重助に、

「ご近所の噂ではどうだったのでしょう」

ゆめ姫は追及した。

「佐野屋芳太郎の商いは汚いという噂ですよ」

代わりに応えた信二郎は、

「絵草紙屋は読本の他にも品を並べています。参勤交代の地方武士たちが、国許《くにもと》への土産を買うところでもあるからです。役者の似顔絵や千代田のお城、江戸名所等の錦絵をはじめ、千代紙、絵を切り抜いて組み立てる、組み立て絵などです。祝言の後、ほどなく、先代が亡くなり、芳太郎の代になると、こうした土産物ばかりが多く店に並ぶようになったのだそうです。それで、今までの読本や絵草紙が好きな贔屓客《ひいき》の足は遠のきました。また、組み立て絵にしても、他の店と同じものなのに、老舗の佐野屋の包み紙一枚で、値を上乗せするんだそうですよ。地方武士たちも家族や友人にもとめていく土産物となると、老舗の包み紙に弱いのだとか――。これでは、芝神明一の絵草紙屋と言われた佐野屋の先代も浮かばれまいと、同業者は呆《あき》れていました」

町与力らしく、明確に佐野屋の商いを評した。

三

「佐野屋さんの店先から読本が減ったのは、ひどく残念です」

重助は悲しそうに言った。

「以前の佐野屋は、読本ならたいていは揃っていましたからね。あれでは、本が好きだったおしのさんが可哀想《かわいそう》です」

「芳太郎さんの考えに、おしのさんが付いていけたとは思えませんね。おしのさんと芳太郎さんが、夫婦喧嘩《げんか》をしていたというようなことは？」

「聞いていません」

やはりまた、重助は悲しげだった。

「気を患ったおしのさんには、もう、誰かと喧嘩をすることもできなかったと思います。おそらく、お店がどうなっているかさえ、わからなかったかも――」

「そこまでおしのさんは――」

ゆめ姫まで悲しくなり、

「理由はいったい、何なのでしょう」

たまらずに口走った。

「芳太郎さんは生まれついてのものだと、言っていたそうです」

重助は口惜《くや》しくてならない様子で歯噛みした。

「あの賢いおしのさんが、生まれつき気を患っていたなんて、とても、信じられることではありません」

「今、おしのさんはどうされているのですか」

最も気がかりなことだと思い、ゆめ姫は追及した。

「ああ、とても、てまえの口からは言うことなぞできません。酷《ひど》すぎて――」

重助はうなだれた。

――もしかして――

ゆめ姫と目を合わせた信二郎の目が頷いた。

「よくそこまでやってのけられたという、気になる噂は聞いています。ただし、命に別状がなければ、気を患う身内のことでもあり、町方は手出しできません」

信二郎は言い切った。

――座敷牢《ざしきろう》に入れられているのね。そして殺されでもしない限り、誰もこの非道を止められない――

　姫はぞっと身震いした。

　――だから、重助さんはもう、姿を見ることができないのだわ――

　目の前でうなだれている重助の切なさが、ひしひしと伝わってきた。

　――よほど、病がひどいのだわ――

「どなたが診ておいでなのですか」

　思い切って訊いてみた。

　気の病はなかなか治りにくいと聞いているが、名医にかかれば、まだ望みはあるかもしれない。

「近所の話では、一年ほど前までは、中本康庵《なかもとこうあん》先生が通っておいでだったそうです。でも、半年ほど前、康庵先生ご自身が亡くなってしまって、その後のことは――」

「康庵先生の後はご子息の尚庵《しょうあん》先生が継がれています。尚庵先生にお願いするよう、何とか芳太郎さんを説き伏せてはどうですか」

　信二郎の言葉に、重助は目を伏せて首を振った。

「お店の者の話を洩《も》れ聞きました。おしのさんの病は医者の力では及ばぬものだと、亡くなった康庵先生がおっしゃっていたそうです。なぜなら、おしのさんは、もう自分が誰だかもわからないんだとか。おしのさんは自分のことを、あろうことか、千代田のお城の、ゆめ姫様だと言い続けているんだそうです」

「何と、〝ゆめ姫〟？――」

ゆめ姫はがーんと耳鳴りがしてきた。

幼い頃、お側《そば》女中の目を盗み、こっそり庭へ出て柿の木に上り、手が滑ってどしんと地べたに尻餅《しりもち》をついた時のことを思いだした。

あれ以来、感じたことのない衝撃であった。

ゆめ姫の上瞼《うわまぶた》が重くなった。

見えているのは座敷牢であった。格子に錠がかかっている。

――おしのさんだわ――

一目見てゆめ姫はぎょっとした。

――まるで、大奥にいるわらわのよう――

おしのは大奥風の髪型と化粧をして、牡丹《ぼたん》の柄の、贅《ぜい》を尽くした小袖《こそで》と打《う》ち掛《か》けを身につけていた。

――似合わないことはないけれど――

重助が言った通り、おしのは美しかった。

――でも、きっと、町娘の形《なり》の方が生き生きと見えるはず――

おしのの表情は人形のように固い。

声が聞こえてきた。

〝先生、女房を、おしのを何とか元通りに治してください〟

やや高めの声は芳太郎であった。

〝投薬など精一杯の治療を続けていますが、ご自分のことを〝ゆめ姫〟であると言うのが止《や》まないと、何とも――〟

低い老人の声は康庵と思われる。

〝それではよろしくお願いいたします〟

芳太郎は座敷牢の錠を外した。

康庵は中へと入っていく。錠のかかる音がして、芳太郎は出て行った。

〝おしのさん〟

康庵はおしのに語りかけた。無骨な容貌《ようぼう》ではあったが、目には鋭い叡智《えいち》を宿している。

〝おしのさん〟

また、呼んだ。おしのは答えない。能面のような顔のままである。

〝それでは訊こうか。名は何という？〟

〝わらわはゆめ姫である〟

おしのはにっこりと笑った。

〝いや。違う。あなたは佐野屋のお内儀、おしのだ〟

しかし、おしのは康庵の声など聞こえなかったかのように、

〝わらわはゆめ姫である〟

声を張り上げた。

〝いいか、おしのさん〟

康庵は諭すように言った。

〝あなたは自分のことを、将軍家の姫などと戯言を言わなくなれば、ここを出られるのだよ〟

おしのの顔がまた固まった。

〝わしにはあんたが、どうして呆《ほう》けたことを言いだしたのか、皆目見当がつかんのだよ。婿の芳太郎さんは先代が認めただけあって、男前だし、仕事もできる。言うことなしの亭主ではないかね。世間はうるさいものだ。仕事のやり方について、ものを知らないとか、酒や味噌《みそ》を売るように、絵草紙を売るとか、あれこれと取り沙汰《ざた》しているようだが、放蕩《ほうとう》者で身代を傾かせるよりは、多少流儀が違っても、佐野屋を繁盛させようと頑張ってるんだ。文句はないはずだよ。それに何より、おしのさん、あなたのその形だ〟

康庵はおしのを見つめて、

〝芳太郎さんはあなたが自分をゆめ姫だと言い張るのは、華やかなものへの憧《あこが》れだと見抜いている。たった一人の肉親だった先代が亡くなって、あなたの傷ついた心が知らずと、姫様方のような、豪奢《ごうしゃ》な暮らしぶりで癒《いや》されようとしているのだと——。それで芳太郎さんはあなたのために、贅を尽くした着物を、お上の目を気にしながら、内密に作らせ、そうやってこっそり着せてくれているんですぞ。わしはな、女が好きなので女の気持ちはよくわかる。女たちはな、もしかすると綺麗な着物の方が男なんかより好きかもしれん。わしにはとても真似《まね》できんよ。芳太郎さんはたいした女房想いだ〟

するとおしのは突然、けらけらとわらい出した。

〝女房想いですって？　いったいそれはどなたのこと？〟

そうあどけない口調で言ったおしのの顔は、まだ笑っているが、目だけは何かを厳しく見据えている。

康庵は、

〝ああ、何ということなんだ。あんたはあんなに心根の優しいご亭主の顔まで、忘れてしまったというのか〟

ため息をついた。

見えたのはここまでだった。

「別の手立てを考えてみましょう。少し時を下さい」

ゆめ姫の言葉に、

「よろしくお願いします」

と言って、重助は荷物を背負うと元気のない様子で帰って行った。

「重助さんのことでお話があります」

ゆめ姫は切り出した。

「どうかよろしく、お願いします」

信二郎は神妙な顔で頭を下げた。

四

姫はまず、死にかけていた重助の話をした。

「あなたの話では、これといった傷はないのに、見えた重助さんは死にかけていたのですね」

信二郎はうーんと腕組みをした。

「たぶん、喧嘩に巻き込まれてのことだと思います」

「頭に怪我をしていましたか。頭を殴られでもしたら、そのまま死ぬこともありますからね」

「いえ、頭ではありません。重助さんが押さえていたのは、胸でした」

「でも、胸は刺されていなかったのでしょう?」

「はい」

「わからないなあ」

「わかりませんね」

次にゆめ姫は、姫の姿をしていたおしのの話をした。

「康庵先生は池本家の主治医でしたよ。総一郎殿、いや兄上が怪我《けが》をなさった時、手当てをしてくださった息子の尚庵先生からその名を聞きました。奉行所の牢医もなさっていたから、先生のことはよく知っています。女好きでしたが、腕はよく信頼のおける先生でした。その先生がそんなことを言ったからには、芳太郎は、商いのやり方にこそ、問題はあっても、おしのさんには優しい夫なのかもしれませんね。となると、重助さんの見た夢は、たいした意味はなかったのかもしれないな――」

　信二郎は首をかしげた。

「重助さんの夢とは、おしのさんを思い出す夢を立て続けに見るのは、何かおしのさんの身に起きているのではないかと、案じているのです」

「なるほど、それで、〝浅茅が宿〟の夢ですね」

「おしのさんに命に関《かか》わることが起きているのだとしたら、与力であるそれがしも放《ほう》ってはおけませんから。あなたに会っていただければ、見えない真実があぶり出されて、きっと手がかりが摑める、そう思ったのですが、今は軽率な振る舞いだったと反省しています――」

　信二郎はため息をついた。

「重助さんは、未《いま》だに忘れられないおしのさんが、今は気を患っていると聞いて、気持ちが高ぶっているだけなのかもしれません」

――でも、それでは、白昼夢で死にかけていた重助さんの説明がつかない――

　この先はどうにも前に進まず、一旦《いったん》、ゆめ姫は池本家に帰ることにした。

ゆめ姫を池本家に送り届けた信二郎は、

「今日はあなたが好物だといったかど飯とするもん汁です」

常のように亀乃の歓待を受けた。

かど飯は酒と醬油《しょうゆ》、生姜《しょうが》の絞り汁で炊き込んだ飯に、焼き秋刀魚《さんま》をほぐして混ぜ、たっぷりの大根おろしで搔《か》き込むように食べる。

一説には鰻《うなぎ》飯よりよほど美味《うま》いとも言われていて、これには秋刀魚の身をつみれに叩《たた》いて生姜汁等で調味し、茸《きのこ》や葱《ねぎ》と一緒に出汁《だし》に放り込む、するもん汁が欠かせない。

「沢山召し上がれ。そうそう、ゆめ殿、信二郎の用向きを頼まれてくださってありがとう、礼を言います」

亀乃の笑顔はゆめ姫にではなく、長い歳月を経てやっと取り戻したわが息子に向けられている。

「どんなご用だったのかしら？　わたくしがお訊きしてはいけないこと？」

亀乃は笑顔をほんの一瞬、悲しそうに曇らせて見せた。

——さすが、叔母上様、年季の入った高等戦術!!——

すると、信二郎は、

「実は——」

渋々ではあったが、宮木屋の主重助が案じている話をした。

「まあ、あの宮木屋のご主人にそのような悲しい過去があったとは——。それにしても案じられるのは、おしのという佐野屋のお内儀ですね。このわたくしにお任せなさい、まずは、佐野屋の入り婿について訊いてみましょう」

亀乃は胸を叩いて自信たっぷりに言い切った。

信二郎を門まで送ったゆめ姫は、蓬《よもぎ》の茂みの前を通って戻ることにした。

蓬の葉はもう、大方、枯れてきている。それでも特有の匂《にお》いはまだ微《かす》かに漂っていた。

「姉上様、福姫様」

蓬の茂みのすぐそばに銀杏《いちょう》があり、福姫はその木に背をもたせかけて座っていた。典雅な佇《たたず》まいで静かに瞑目《めいもく》している。

〝ゆめ〟

福姫はぱっちりと目を開けた。

〝ここに一緒に座りませんか？〟

〝はい〟

ゆめ姫は従ったが、通りかかった者が見ていたら、ゆめ姫一人が座ったように見えたはずである。

〝このようなところで姉上様にお会いできるとは思ってもみませんでした〟

〝どうしても、気になることが幾つかあって――〟

〝佐野屋のお内儀、おしのさんのことでは？〟

〝よくおわかりですね〟

〝もしや、姉上様は苦しめられている女子《おなご》を見ていられないのではないかと――〟

〝その通りです〟

〝姉上様には何もかもお見通しなのでしょう。でしたら、どうか、わらわに真実をお教えください。一刻も早く、おしのさんをお助けしなければ――〟

〝気になっているのは、佐野屋のお内儀のことだけではないのです。ゆめ、あなたのことも――〟

〝わらわの何を気にかけておいでなのですか？〟

〝あなたは夢や白昼夢を通して、隠されている真実を知る力があります。でも、こうしてこの世の者ではない、わたくしと話ができることも含めて、周囲の人たちにその事実を話すことができずにいます。これはたいそう疲れることなので、わたくしはあなたの心が壊れやしないかと案じているのです〟

〝でしたら、なおのこと、今はおしのさんに何が起きているか、教えてください〟

〝残念ながらそれはできぬことです〟

〝でも、拐《かどわ》かされていた町娘を救った時は、姉上様がわらわに手掛かりの夢を見せてくださいました〟

〝あれには我が夫、宗高様と岩本家が関わっていましたので特例です。家族や愛する人たちに関わることに限って一度だけ、あなたに伝えることが許されたのです。これはこちらの世界での決まりです〟

〝ということは、わらわは自分で力を磨いて、真相を突き止めなければならないのですね〟

〝わたくしがいつも見守っていることを忘れないでください。それから、あなたはそろそろ夢の話をどなたかに話すべきかもしれません。あなたの夢を気味悪がらず、疑わずに受け止めてくれるお方に――〟

〝その相手は一人と決めております。一橋家の慶斉様――〟

〝気持ちはわかりますが、今ここで、慶斉様にどうやって伝えて、相談なさるのです？〟

そこで福姫の姿は掻き消えた。

傍目《はため》にはゆめ姫がぶつぶつと独り言を言い続けていたように見えたはずだった。

そこへ、

「ゆめ殿、まあこんなところに」

ゆめ姫を探していた亀乃が近づいてきた。

「先ほどのおしのさんのことで、どうしても、お話ししておきたいことがあるのですよ」

「何か、おわかりになりましたか」

知らずとゆめ姫は身を乗り出していた。

「厨の下働きたちに佐野屋のことを訊いてみたのですよ。若い娘たちは、絵草紙が好きですからね。主の評判を訊きましたよ」

「どうでした？」

「変わったお人ですよ。おしのさんが、ゆめ姫様だと言い続けていることを茶飲み話に誰にでもするのだそうですから。普通は、気で患う妻の話など控えるものでしょうに。将軍家の姫であるなどと、妻が自称しているなどというのは、もってのほかでしょうが――」

「たしかにそうですね」

「それに大変な締まり屋なのだそうですよ。奉公人の夜食にしても、高すぎるというのが口癖だそうですし、男前なので、懸想する娘さんたちもいるのだそうですが、お妾《めかけ》に囲うようなことはなく、もっぱら、暇とお金を持て余しているどこぞのお内儀ばかりが、お相手とか――。逢瀬《おうせ》にお金をかけるのが嫌なのだろうと、下働きたちは噂していました」

――そんなにお金に細かい芳太郎さんが、どうして、あんなに豪奢な着物をおしのさんに着せていたのかしら――

「おしのさんに対してはどうなのでしょうか。可愛い妻だから贅沢をさせていたのでしょうか――」

「おしのさんは家付き娘ですから、奉公人の夜食と一緒ではないでしょうが、特別贅沢をさせているとは聞きませんでした。それにおしのさんの父上は、もうお亡くなりになっているのでしょう。わたくしの知る限り、締まり屋の婿殿が、舅《しゅうと》殿の死後、妻だけを特別扱いして、贅沢を許すようなことはないものです。気の毒な例では、病を得ても煎餅《せんべい》布団に寝かされたまま医者にもかけてもらえず、亡くなった者もいます。欲張りで、度し難い締まり屋というのは、この世の鬼のようなものです」

「おしのさんと芳太郎さんの仲はよかったのでしょうか」

「締まり屋すぎる夫と仲よくできる妻などいるものですか」

――そういえば、おしのさん――

ゆめ姫は座敷牢の白昼夢を思い出していた。康庵が芳太郎は女房想いだと褒めた時、おしのは、

〝女房想いですって？　いったいそれはどなたのこと？〟

けらけらと笑ったその目は険しかった。

――おしのさんは芳太郎さんが妻孝行などではない、これには、裏に、何かあると言いたかったのだわ。でも、何かとは、いったい何なのかしら――

ゆめ姫は頭を抱えた。

「おや、ゆめ殿、頭でも痛むのですか」

亀乃が案じた。

五

――そうだわ――

「叔母上様、わたくし、熱があるようなのです。申し訳ございませんが、お医師を呼んではいただけませんか」

閃《ひらめ》いたゆめ姫はそう言って、部屋へと戻った。

しばらくして、池本家の主治医の中本尚庵が姫の部屋を訪れた。

ゆめ姫が一応病人らしく布団の上に臥していると、尚庵は細面の顔の涼しい目を向けて、

「あなたは、病などではないでしょう」

瞬時に言い当てた。

「さすが、先生、その通りです」

「病かどうかは顔色でわかります。病のふりは感心しませんね」

「お願いがあるのです」

「辛く苦しい思いをしている患者の我《わ》が儘《まま》は、出来得る限り、聞くようにと亡き父に教えられました。けれども、やはり我が儘には限度があり、聞けることと、聞けぬことがございます。無理は申されるな」

「我が儘などではございません。是が非でもお聞き届けくださいませ」

方便も交えて、ゆめ姫は重助とおしのの話をした。

「これは人の命が掛かっている話です」

ゆめ姫の強い物言いに、並々ならぬものを感じた尚庵が重い口を開いた。

「たしかに佐野屋さんとは父の代まではご縁がありましたが――」

「ならば、お父上様は佐野屋のお内儀、おしのさんのお話を、先生に洩らしていたのではないかと――」

「父は患家の話をあまりしない人でしたから、くわしくはわかりません。ですから、父が

診ていた患者さんが、お内儀のおしのさんという人だったことも、今はじめて知りました。覚えているのは佐野屋さんから戻った父が、珍しく二日酔いになるほど、深酒をしていたことぐらいです。浴びるほど酒を飲んだ翌日、青い顔で、〝もう、佐野屋に行くのは止めた〟と言いました。その前までは三日にあげず通っていたのにです。それで、これは佐野屋さんとの間に何かあったのだと、ぴんと来たのです。以後、佐野屋さんとわたしどもは縁がありません」

「その後、お父上様が佐野屋さんについて、何か洩らしていたことがあったら――」

「そういえば、酒の席で、〝あんなことをしていては佐野屋も、もう終わりだ。あれは人ではない鬼だ〟と。とかく、佐野屋さんの評判は、主のやり方ががめつすぎる、と悪いので、そのことを言っているのだろうと、聞いていたわたしたちは思いました」

――もしかして、〝――あれは人ではない鬼だ〟というのは、商いのことだけではなかったのかもしれない――

「そうだ、思い出しました」

尚庵は膝《ひざ》を打った。

「父の日記です。父はずっと日記を付けていました。父が亡くなって、慌ただしくしていたので、すっかり、忘れていましたが、その日記には、きっと、佐野屋さんのことも書かれているはずです」

「お調べいただけますか」

「わかりました」

尚庵は明日、また来ますと言って帰って行った。

この夜、ゆめ姫は夢を見た。

薬籠《やくろう》を手にした康庵が佐野屋の店先に立っている。

〝旦那様にお取り次ぎいただきたい〟

康庵は番頭にかけ合っていた。

〝おいでになりません〟

〝いや、いるはずだ〟

〝たとえ、おいでになっても、康庵先生、あなたには、もう旦那様はお会いにはなりません〟

髷《まげ》に白髪の混じっている大番頭の口調は冷たかった。

〝お内儀に関わる、大事な話なのだ。取り次いでほしい〟

〝何とおっしゃられても、取り次ぐことはできません〟

そこで大番頭は控えていた手代二人に顎《あご》をしゃくった。

〝さあさあ、先生、ここにおいでになられては、商いの邪魔です〟

康庵は往来へと引きずり出されてしまった。

目覚めた姫は、

——お内儀に関わる、大事な話って、いったい何だったのかしら——。康庵先生は、わらわの形を真似させるなどの、芳太郎さんのやり方がおかしいことに、亡くなる前、やっと、気づかれたのかもしれない——

ますますおしのの身が案じられた。

翌日、約束通り、尚庵は書物を包んだ風呂敷《ふろしき》包みを手にして池本家を訪れた。

部屋に入ってきた尚庵は、

「今時分の厄介な風邪には、ご自身で罹らぬように気をつけていただきたい。そのためには、古今の養生訓をご講義させていただきます」

こほんと一つ咳《せき》をして、

「よろしくお願いいたします」

案内してきた亀乃が下がるのを待った。

二人だけになったところで、

「これをご覧ください」

尚庵は康庵の日記を取出し、こよりを挟んであった箇所を開いた。

「〝水治療の件で佐野屋主と口論す。お内儀、脈に乱れあり。当方は反対す。説得あるのみ〟とあります。この後、佐野屋の名は一度も出てきていません」

——佐野屋から追い出されていた康庵先生は、水治療を止めるよう、説得するために行ったのだわ——

「その水治療とは？」

「ここにあります」

尚庵は分厚い書物を取りだした。

これにもこよりが挟んである。その箇所を開いて、

「ごらんください」

絵図を見せた。

「まあ——」

ゆめ姫は言葉を失った。

井戸端に髪を振り乱《みだ》した女が座らされている。

男たちは三人。二人が女を押さえつけ、後の一人が井戸から水を汲《く》み上げて、ざぶりと、頭から女に水をかけている様子が描かれていた。

ゆめ姫がまばたきすると、絵図は動き出した。

〝やめてえ、やめてえ〟

〝冷たいよお、冷たいよお〟

女の悲鳴と懇願の間を縫って、ざぶん、ざぶんという桶《おけ》から水の落ちる音と、

〝いいか、しっかり、押さえてろよ〟

〝あと十回。こいつのためなんだ。心を鬼にして押さえるんだ〟

男たちの掛け声が聞こえている。

「ずいぶん酷い治療ですね」

思わずゆめ姫は涙ぐんだ。

「水垢離《みずごり》なら、なさっている方を見たこともありますが、あれは、ご自身の意志でなさることですから、嫌がる者に無理やり、水をかけるのとは違います」

「これは古くから伝わる、気を患う者のための治療なのです。気を患うのは、身体の中が熱くなりすぎているせいで、冷やせば改善されるという考えです」

尚庵は説明をはじめた。

「父はこの治療には反対でした。酷いだけで効き目はないという意見だったのです。年明け早々、この水治療をめぐって、父と佐野屋さんが口論したということは――」

「芳太郎さんはおしのさんに水治療を受けさせようとしたのですね。それも寒い冬に」

「この治療法を支持する人たちは、冬場にやる方が効き目があるとしています。ところが、冬場だと、患者の体質によっては、冷えすぎて、風邪を引いたり、心の臓が止まってしまうこともあるのです。ましてや、おしのさんのような脈に乱れのある人は、よろしくありません」

「そんな危険なことを――」

「ですから父は反対したのでしょう」

「それではおしのさんは――」

その後、どうなったのかといいかけて、ゆめ姫は口をつぐんだ。想像するのも恐ろしい。

「気になって、その筋に訊いて、新春の頃、江戸市内で行われた水治療を調べてみました。今年の冬は寒かったですからね。さすがに一件も行われていませんでした」

「よかった」

ゆめ姫はほっと胸を撫で下ろした。

その夜、姫の夢には古着屋が出てきた。

場所は江戸市中案内で知っている、柳原《やなぎわら》の土手である。

見たことのある牡丹の模様の打ち掛けが、床店で売られている。

――おしのさんの着ていたものに間違いないわ。でも、なぜ、こんなところにあるのだろうか――

首をかしげたところで、次の場面に変わった。

大八車の上に、乱れ髪の白装束の女が縛りつけられている。

よく見るとその顔はおしのであった。

蒼白《そうはく》である。艶のない肌は死人のものであった。息はもうしていない。

――おしのさんが死んでいる――

そこでゆめ姫の目は覚めた。

六

それからまんじりともできず、夜が明け、亀乃が朝餉を運んでくると、

「叔母上様、わたくし、まだ気分がすぐれません」

訴えずにはいられなかった。

そばにいる人たちで信頼できる相手に、夢の話をしてみてはどうかと勧めてくれた福姫の声が頭の中で谺《こだま》している。

「尚庵先生をお呼びしましょうか？」

「尚庵先生ではなく、まずは信二郎様を」

ただならぬゆめ姫の様子に、

「わかりました。すぐに八丁堀まで使いをやります」

亀乃は緊張した面持ちで頷いた。

信二郎が駆け付けると、

「わたくしは、厨でゆめ殿の粥《かゆ》でも炊くことにいたしましょう」

亀乃は席を立った。

――叔母上様はわらわの夢を信じてはくださるでしょうけれど、信二郎様を掠《さら》った、多加殿のお気持ち同様、おしのさんの死に様は叔母上様に聞いていただくには酷すぎる――

「実はわたくし――」

この世に悔いを残している霊の訴えを、夢や白昼夢に見るのだとゆめ姫は告げ、昨夜夢に見た一部始終を吐き出すように話した。

「ですから、いつも見えるとは限りません。霊の意志が働かないと、何も見えないのです」

「なるほど、それで重助さんの時も――」

信二郎は得心がいった表情で、

「とうとうおしのさんから伝えられたのですね。おしのさんは亡くなっていた――」

痛ましそうに呟《つぶや》いた。

「このことを尚庵先生にお伝えして、お訊ねしたいこともあるのですが、いきなり夢で見たと申し上げても信じていただけるかどうか――。尚庵先生には、信二郎様を介して重助さんの悩みを聞いたことは話していますが――」

「ならば、わたしが密《ひそ》かに突き止めたことにして、先生にお話ししましょう」

信二郎は亀乃に頼み、往診先にまで人を走らせて、尚庵を待った。

「どうされました？　今日のあなたは、本当に病に冒されかねない様子ですよ」

尚庵はゆめ姫を一目見るなり眉を寄せた。

「先生、申しわけありません。それがしの調べがゆめ殿の心に打撃を与えてしまったのです。それがしは当家の次男、信二郎です」

信二郎は挨拶した。

「あなたが、長い間、行方不明になっていらしたという御当家のご次男ですね。先日、お喜びの奥方様から伺いました」

「思うところあって、秋月修太郎として町与力のお役を務めさせていただいています」

与力でもあると名乗った信二郎は、姫の夢に出てきたおしのの様子を、密かに見ていた者がいたと偽って話した。

「そうだったのですか。先日、ゆめ様からもいろいろ訊かれましたが、そういうご事情だったのですね」

尚庵は納得した。

「ところで、おしのさんは白装束で大八車に縛りつけられていたのですね」

「間違いありません」

信二郎は大きく頷く。

「それは滝治療をさせられていたのかもしれません」

「滝治療？」

信二郎は首をかしげた。

「水治療と同じです。井戸の水ではなく、滝に打たせて狂騒を治すのです。嫌がる患者を荷台に縛りつけて、無理やり山奥の滝へ連れて行って行うものです。滝治療は行者や巫女《みこ》の仕事です。江戸の滝治療は、奥多摩の御岳山《みたけさん》山中で行われているようです。ただし、冬場の滝ともなると、凍るほど冷たく、修行僧ならいざしらず、並みの人には勧められません」

「見ていた者の話では、縛りつけられていたおしのさんは、ぐったりと動かなくなったそうです」

「命を落としたのなら、無理な滝治療が祟《たた》ったのでしょう。可哀想に」

尚庵はうつむいて手を合わせた。

「当然、ご主人の芳太郎さんは罪に問われるのでしょう?」

ゆめ姫は尚庵と信二郎を代わる代わる見て、

「芳太郎さんははじめから、おしのさんを、無理な治療で亡き者にするつもりだったにちがいありません。それで、おしのさんの容態がひどく悪いように周囲に見せかけようとしたのです。姫君が着るような着物を着せたり、化粧をさせたりして、座敷牢に押し込めたのも、きっとそのためです。ですから、芳太郎さんは罪に問われるべきなのです」

芳太郎について思うところを話した。

「あなたの気持ちはよくわかります。けれども、おしのさんが重い気の患いだったことは、周囲の誰もが知っていました。今更、あなたが芳太郎さんの所業を言い立てても、殺すつもりだったという証《あかし》はどこにもないのです。お上も、芳太郎さんをお縄にすることはできないでしょう」

尚庵の言葉に信二郎は口惜しそうに頷いた。

その時、ゆめ姫は知らずとまばたきしていた。

地べたに倒れ、苦しんでいる重助が見えた。

――そうだったのね――

「ならば先生、今一つだけ、お願いがございます。お忙しい先生にこのようなお願いは心苦しいのですが、わたくしではない、成仏できないおしのさんの魂が願っていることだと、思《おぼ》し召《め》しいただければと――」

霊について、この程度の理解ならば誰もが抵抗なく受け容《い》れる。

「わたしにもお役に立つことがあったのですね。わかりました」

尚庵は頷いた。

そこで、ゆめ姫がまた、まばたきをした。

重助が見えた。

しかし、その顔からは死相が消えている。

地べたに倒れていると見えたのは、医家の診察台の上に横たわっているのであった――。

「すぐに、重助さんを診て差し上げてください。お願いします」

「わかりました。これから芝神明に行きます」

尚庵は慌ただしく池本家を出て行った。

姫はこの夜も夢を見た。

前に見た夢と同じである。

おしのは大八車に縛りつけられている。

すでに死んでいる。

――おしのさんが亡くなっているのだとしたら、その骸《むくろ》はどこにあるのだろうか。滝治療をする奥多摩なのだろうか。せめて、手厚く葬って供養してさしあげたい――

そう夢の中でゆめ姫が思うと、突然、死人だったおしのの目が開いた。

縛られたまま、顔だけ上げると、

〝わらわはゆめ姫である〟

にんまりと笑った。

〝よいか、わらわをよく見よ〟

その言葉と同時に、前と同じ、古着屋の店頭が見えた。

おしのが着ていた打ち掛けがふわりと浮いて、宙を舞った。

そのとたん、白い粉がはらはらと散り始めた。

〝よいか、とくとわらわを見よ〟

声だけ残して、大八車のおしのは、すぐに死人に戻った。

翌朝、ゆめ姫はこの成り行きを信二郎に話した。

「おしのさんが着ていた古着を探し出してきてください」

「古着屋といっても、この江戸にどれだけあることか――」

「柳並木が見えました」

「それでは、柳原の床店かもしれないな」

信二郎は急ぎ池本家を出て行った。

昼過ぎて、帰ってきた信二郎は風呂敷包みを抱えていた。

「柳原の床店で牡丹の模様はこれ一点だけでした」

包みが解かれた。

夢でおしのが着ていたものに違いなかった。

ゆめ姫は目を皿のようにして、縫い目を改めた。

一カ所、衿《えり》の部分が二重に縫われている。

そこを指で広げて傾けてみると、舞うように白い粉が落ちてきた。

信二郎は、

「石見《いわみ》銀山鼠取《ねずみと》りですね。間違いありません」

一舐《ひとな》めして吐き出した。

「石見銀山――」

「鼠だけではなく、人も殺すことができる、恐ろしい毒です」

――おしのさんは、芳太郎の悪事の証をこうして、着物の衿に隠し持っていたのね――

「これをおしのさんが着ていたことは、店の誰もが知っています。主に遠慮して、店の者たちが黙っていたとしても、あつらえた呉服屋までが、惚《とぼ》けることはできないはずです。着物から出てきた毒と一緒に、これを奉行所へ持ち帰り、事情を話して、おしのさんが行方不明になっているからと、佐野屋芳太郎を調べてもらってください」

「わかりました」

勢いこんで出て行った信二郎が池本家に戻ってきたのは、夜が明けてからであった。

七

信二郎はゆめ姫を前に告げた。

「一件落着です」

「決め手はおしのさんの着物の衿に縫い込まれていた石見銀山鼠取りでした。それから、引き立てられた佐野屋芳太郎が、お内儀のおしのさんを滝治療に行かせていると言いながら、その場所がどこだか、はっきり答えられなかったことも命取りでしたね。店の者たちの名を端から上げて、〝あの者を付き添わせた、いや、そうじゃなかった、あの者だったかな〟などと、苦しい言い訳を続けたのです。そうこうしているうちに、〝嘘《うそ》ばかり言っていると、石を抱かせるぞ、死ぬより辛い責め詮議《せんぎ》もあるのだぞ〟と脅すと、真っ青になった芳太郎は、あっさりお内儀殺しを認めたのです。石見銀山鼠取りを少しずつ盛って殺そうとした計画は、おしのさんが〝自分はゆめ姫だ〟と言いだす前からの企みだそうです。けれども、おしのさんは予想に反して、なかなか死なない。そんな時、突然、おしのさんが〝わらわはゆめ姫だ〟と言いだすようになって、芳太郎は計画の一部変更を思いついたのです」

「悪人というものは止《とど》まるところを知らないものですね」

「まったくです。まずは、おしのさんが、気を重く患っているように見せかけるため、姫様の形をさせました。誰もが妻への優しさゆえと受け取ることを、見越してやったのです。そして、次には姫様でもないおしのさんが、姫様の形をしているのを見られてはまずいと、周囲に言い訳して、座敷牢を作って閉じ込めたのです。それでいて、間抜けにも、近所にゆめ姫様気取りのお内儀のことを吹聴していたのですから、水も漏らさぬ悪事などというものは存在しません。これは我らの救いですよ。芳太郎は日々、石見銀山鼠取りを盛って弱らせていき、それでも死ななければ、機会を見て、滝治療にやらせて殺してしまうつもりだったと白状しました。芳太郎は、おしのさんの心の臓がそう強くないことを、康庵先生から聞いて知っていたのです」

「ではやはり、おしのさんは御岳山のどこかに眠っているのですね」

「いや、康庵先生に、〝たとえ亭主でも、明らかに無理な治療を受けさせて、もしものことがあった場合、容赦しません、お上に訴え出ますぞ〟と言われ、滝治療の大家である知人の名を並べられると、さすがに、それはまずいと思い、いつものように、薬と偽って飲ませるのではなく、汁椀《しるわん》の中に多量に入れて、殺してしまったのだと言っていました。〝まさか、長きに亘《わた》って、薬ではなく毒だと知っていて、おしのが飲まずに隠していたとは――〟と、芳太郎は呆けたように驚いていました」

「おしのさんの亡骸《なきがら》は――」

「古着屋へ売るために、着ていた着物や長襦袢《ながじゅばん》などを剝《は》ぎ取り、大八車に乗せると、夜の闇に紛れて運び出し、近くの林に埋めたそうです」

──おしのさんが、白装束で縛られていたのは、わらわに見せて、滝治療を思いつかせるためだったのだわ──

「明日にでも、おしのさんは見つかるでしょう。ただ、重助さんは──」

「大丈夫です。重助さんには救いがありますから」

信二郎は不審そうに首をかしげたが、それ以上は何も言わなかった。

芳太郎に打ち首、獄門の裁きが下って何日かすると、宮木屋重助が信二郎に伴われて池本家を訪れた。

「母上が留守の日をねらって連れて来ました。夢や人の心を失った蛮行など、母上には知られない方が、よろしいかと思いますので──」

信二郎は客間に重助を待たせて、ゆめ姫に声をかけた。

「あなたに礼が言いたいそうです」

姫が身仕舞いをして客間の障子を開けると、

「このたびは並々ならぬお世話になりました」

重助は深々と頭を下げた。

「尚庵先生にお訪ねいただいて、命を拾うことができました。先生がおっしゃるには、働きすぎで、心の臓が疲れすぎているとか──」

「あなたの命を救おうとしたのは、わたくしでも、尚庵先生でもありません」

「その話は先生からお聞きしました。おしのさんですね」

重助の目が濡《ぬ》れている。

「芳太郎は商いのことで、てまえに恨みを抱いていたようです。このところ、佐野屋よりもてまえの店の方が、繁盛しているのを妬《ねた》んで、浪人者を何人か雇い、日を決めて貸本に歩くてまえの後をつけさせ、襲わせて痛い目に遭わせようとしていた、とお白州で白状したそうです。雇った浪人者の一人がふと洩らしたのがきっかけで、企みが明るみに出たのです。おしのさんはてまえの身に起こることを知っていたのですね。芳太郎の差し金で襲われたてまえが、動揺のあまり、このところ弱っている心の臓の発作を起こし、命を落とすだろうと――」

「きっと、おしのさんには、先を見通す力がおありだったのでしょう」

自分のようにとは、ゆめ姫は言わなかった。

「おしのさんは気を患ってなどいなかったと思います。それなのに、なぜ、ご自分をゆめ姫様であるなぞと言っていたのでしょうか」

重助は問いかけてきた。

――それはおしのさんが、わらわになら通じるとわかっていたからだけれど――

「さあ、それは――」

さすがに、言いよどんだゆめ姫だったが、

「わたくしがおしのさんなら、やはり、ゆめ姫様の御名を騙《かた》ったでしょう。将軍家の姫様の御名ならば、どんな方にも強く印象づけることができますから。そして、愛する方を守るため、どなたかがこのことに、気づいてくれるのではないかと期待するでしょうから」

言葉を選んで続けた。

「なるほど、よくわかりました」

さらにまた頭を下げた重助は、

「これはてまえたちの想いです。せめてものお礼の気持ちです」

おしのが重助に贈ったという、〝雨月物語〟の読本を置いて帰った。

その本を開くと、

「色は匂へど散りぬるを、わがよ誰ぞ常ならむ、有為の奥山今日越えて、浅き夢見じ、酔《ゑ》ひもせず」

朗々といろは歌を口ずさむ、おしのの声が聞こえてきた。

いろは歌は、人の命のはかなさと世の無常を重ねて歌った今様歌である。

けれども、その声は哀調を帯びていず、明るく安らかに伸びていた。

――おしのさん、成仏なさったのね――

「そうよね、おしのさん、この世で結ばれずとも、想い合う気持ちは永遠なのですものね」

ゆめ姫はそっと声に出して呟いた。

何日かして、信二郎からゆめ姫に文が届いた。

お願いしたいことがございます。

役宅までお運びください。

秋月修太郎

ゆめ姫様

文の最後の一行を目にしたとたん、

──まあ、何ということ‼──

信二郎に身分が悟られてしまったとゆめ姫は思った。

方忠にこの文を見せることも考えたが、相手は我が道を行く信二郎である。

父親とはいえ、頭ごなしにとやかく言われるのは嫌だろうし、周囲に黙っていてくれと頼むのなら、方忠を介してではなく、自分から頭を下げるべきだとゆめ姫には思える。

──わらわのことだもの──

八丁堀へ向かう途中、出来たての金鍔《きんつば》をもとめた。

──夏には白玉が何よりだけど、風が冷たく感じられる今時分は、ほかほかと温かい金鍔だわ──

「待っていました」

信二郎はよく熟れた甘柿《あまがき》を剝いて、ほうじ茶を添えてくれた。

ゆめ姫は緊張していて、土産の金鍔を差し出すことも忘れている。

「〝わたくしがおしのさんなら、やはり、ゆめ姫様の御名を騙ったでしょう。将軍家の姫様の御名ならば、どんな方にも強く印象づけることができますから〟」

信二郎はゆめ姫が重助に告げた時の言葉を口にした。

「あれがなかなかだったので、これから、それがしはあなたのことをゆめ殿ではなく、ゆめ姫様と呼ぶことにしたのです」

「それって――」

絶句しかけた。

「恐れ多い？」

「ええ、まあ、どうお呼びいただいても、かまいませんが」

――よかった。わらわの早合点だったのだわ。信二郎様に悟られていないとわかったのだし、こういう時はあわてず、騒がぬもの――。じいが耳にしたら、ひっくり返ってしまいかねないわ――

「そこで、姫様、ゆめ姫様」

急に信二郎はかしこまった。

「何用か？」

ゆめ姫が咄嗟《とっさ》に顎を逸《そ》らせると、

「さすが、堂に入ってますね」

信二郎は感心した。

——いけない、調子に乗るところだった——

「頼み事でしたよね」

首をかしげて先を促した。

「それがしは町与力として、今まで、出来得る限りの力を尽くしてきたつもりですし、これからもそうありたいと思って、池本の家の申し出も断りました。このお役目に生き甲斐《がい》を感じているのです。けれども、なかなか証が得られず、お蔵入りになってしまうこともしばしばだったのです。今回の重助さんとおしのさんの一件も、それがしの力だけでは解決できなかったと思います。それがしにはあなたの力が必要です。あなたの力、夢さえあれば、より多くの人たちを助けることができます。どうか、それがしのお役目にお力をお貸しください」

信二郎は畳に両手をついて頭を垂れた。

——わらわの夢が人の役に立つ？　これはもしかして、退屈ではない唯一の大人への近道かもしれない——

「わかりました」

ゆめ姫は承諾した。

「ただし、二つばかりお願いがございます」

「何なりと」

信二郎は頭を垂れたままでいる。

「一つはゆめ姫様でもないわたくしを、ゆめ姫様と呼ぶのは止めてください」

「申しわけありませんでした。過ぎた冗談でした」

信二郎は顔を上げて頭を掻いた。

「二つ目は理由を教えてほしいのです。なぜ、あなたはわたくしと初めて会った時、すぐに逃げ出そうとしたのですか？」

ゆめ姫に見据えられた信二郎の頬が赤らんだ。

「その頃のそれがしはまさか、池本家が自分の生家だとは知る由もありませんでした。上様付きの御側用人様のお屋敷といえば、雲の上にあるような場所です。そこへ兄上にお連れいただいたのです。それだけでもうすっかり、気が動転していました。その上、あなたまで出ておいででした。上様付きの御側用人様のお屋敷にいる、見たこともないような綺麗な女人――咄嗟にそれがしはこれは将軍家の姫君、ゆめ姫様に違いないと連想したのです。愚かな早とちりでした」

――いやはや――

ゆめ姫は一瞬胆が冷えたが、

「それだけでは、逃げ出す理由にはならないはずですよ」

追及は止めなかった。

「先が思いやられたからです。食べたことのない料理など膳に並べられて、正直、恥をかくのが嫌でした」

「それだけ？」

「それだけです」

――わらわが嫌いなわけではなかった――

「あら、でも、御側用人様とはいえ、池本の家の菜は、鰹の筒切りきじ焼きや秋刀魚のかど飯などで、ごく普通ですよ」

ゆめ姫は安堵して菜の話をした。

――魚といえば値の高い鯛《たい》ばかり並ぶ、大奥の御膳が普通ではないのだとわかった――

「後でそうだとわかり、今は母上の手料理が何よりの楽しみです。育ててくれた亡き母上のことも思い出せますし――」

「亡き母上様を、少しも恨まれていないのですね」

信二郎にだけは、菩提寺の住職の口を借りて、掠った嫡男と血を分けたわが子との間で懊悩する、多加の赤裸々な気持ちが伝えられていた。

多加は罪を犯したが、すでに草葉の陰にいるのだから、信二郎は迷わず池本の家の敷居を跨《また》ぐようにとの方忠のはからいの一環だった。

「鰹や秋刀魚の料理を嫌いになれないのと同じです」

笑顔の信二郎は言い切り、

「もっとも、あなたがお持ちになったこれも病みつきになりそうですけどね」

ゆめ姫が出し忘れた包みに目を遣《や》り、

「失礼」

と言って、金鍔を手に取って頬張った。

第四話　ゆめ姫と剃刀花

一

　ゆめ姫は貸本屋宮木屋重助を死に到る病から救い、夫に殺されたおしのの霊を成仏させるために、やむなく、信二郎にだけは自分の予知夢等の話をしたと方忠に伝えた。

「信二郎様はわらわの夢力を頼みにされておられるのです」

　力を貸してほしいと言われたことも、承諾したのだから黙ってはいられない。

　方忠はこれ以上はないと思われる渋い顔になったが、

「信二郎から聞きました。ゆめ殿が夢で人助けをするのですって？　まあ、素晴らしいお力だこと。わたくし、他人様《ひとさま》のお役に立つのはとてもよいことだと思っています」

　信二郎から加勢を頼まれた亀乃も何とか、夫を説き伏せようと必死になった。

　――信二郎様は、わらわの夢が時に人の心に棲《す》む鬼まで映し出すことを、叔母上様にはお話しになってはいないのだわ――

　ゆめ姫は亀乃の助太刀に複雑な想《おも》いでいる。

「町与力の仕事などを手伝えば身に危険が及ぶこともある」

方忠は反撃に出た。

「それはその通りだと思いますが、ゆめ殿は武家の娘です。どんなことにも、怯《ひる》まずに進むのが武家に生まれた女の道のはずです。わたくしがゆめ殿のお立場でもそういたします」

そこで亀乃は自分が雷を死ぬほど怖がっていることを思い出したのか、あの時、咄嗟《とっさ》に抱きついてしまったゆめ姫に向けて片目をつぶって見せた。

――ね、だから、やっぱり、都合の悪いことは殿様に隠しておかなくてはならないのです――

「しかし、わしの大恩人、ゆめ殿のお父上が御存命なら、どう思われるか――。嫁入り前のゆめ殿の身を案じて反対されるやもしれぬぞ。冥途《めいど》で合わす顔が無くなるのは困る」

方忠は奥の手を繰り出したつもりだったが、

「ところで、ゆめ殿、信二郎が頼み事をしてから、亡きお父上と夢で会われましたか？」

亀乃の方が上手であった。

「いいえ、このところ父上様とは疎遠です」

ゆめ姫が正直に応《こた》えると、

「亡きお父上が何もおっしゃらずにいるということは、反対などされていないということですよ、大丈夫、大丈夫」

亀乃は包み込むような笑顔を夫にまで向けたので、とりあえずこの場の方忠は口をつぐむ他なかった。

こうしてゆめ姫は信二郎を手伝うことになったが、厳しい条件付きであった。

霊の訴えも含めて、人の生死に関《かか》わる事件に限るというのが条件で、これを信二郎に伝えたのは父、方忠から頼まれた総一郎であった。

「父上はなぜ、信二郎に直におっしゃらないのだろう？」

総一郎は方忠が自分の意に添わぬことを言い出した信二郎に腹を立て、二人の仲がぎくしゃくすることを案じたが、

「大丈夫、大丈夫。殿様と信二郎は頑固なところがそっくりなので、親子になり立ての今は、まともにぶつかって怪我《けが》をせぬ方がよいのです」

亀乃はしごく楽天的だった。

霜柱が立って江戸は秋から冬へと様変わりして行ったが、方忠の言い渡した条件付きの仕事が、ゆめ姫に降って来ることは冬の間中なく、ゆめ姫は、まるで冬眠している蛙のように池本家の屋敷内でじっとしていた。

ただし、一度だけ、新年の挨拶を兼ねて、亡き父の墓参に赴くという方便で屋敷から出た。

一日、大奥へ戻って、御台所に代わって行う〝雪中御投物〟の行事を、浦路と共に取り仕切らねばならなかったからである。

大奥の庭で銀細工の大黒様や銭等を包んで投げ、御末《おすえ》（雑用係）たちが競って拾う、新年ならではの御祝儀が、〝雪中御投物〟であった。

このお役目を無事に済ませて、ゆめ姫は池本家に戻った。

しかし、初午の頃を経て雛節句が近づいても、市中で起きる事件は掏摸《すり》やかっぱらい、空き巣ねらい等ばかりで、ゆめ姫の夢力が必要とされるものなど皆無であった。

胸を撫で下ろした方忠は、どんなにかほっとしたかしれなかった。

ゆめ姫の方も夢を見ない日々は心が安らいで心地よく、他の市井の人たち同様、厳しい冬が終わりを迎えて、水がぬるみ、草木が萌え始める春を楽しみに待ち続けた。

そして、やっと大好きな生まれ月の弥生が近づいたのである。

「ゆめ殿、ゆめ殿」

亀乃に呼ばれて、ゆめ姫が桃の木の下まで来てみると、

「とうとう咲きましたよ、可愛《かわい》らしい桃の花が」

亀乃は下働きの老爺《ろうや》を呼んで、花のついた桃の枝を切らせた。

「まあ、綺麗《きれい》な桃色」

分葱《わけぎ》の束を手にしたまま、ゆめ姫は歓声をあげた。

亀乃は庭に畑を作って、冬の間は葱《ねぎ》や小松菜を収穫していたが、今は、分葱やあさつきが食べ頃に繁《しげ》りはじめている。

ゆめ姫は数ある手伝いの中でも、この庭仕事が一番好きであった。

土の匂《にお》いや感触がたまらない。

手で触れることのできる、早春の草木の芽など、愛《いと》おしくてならなかった。

「いよいよ雛節句も近いですね」

亀乃は花のついた桃の枝を抱え持っている。

「いかがですか。そちらの方は――」

亀乃はゆめ姫が分葱を抜いていた畑の方へと歩いて行った。

後ろからゆめ姫も追いかけていく。

「なかなか見分けられなくて」

見分けられないというのは雑草の芽のことであった。

ゆめ姫は亀乃の指示で、畑から分葱などの野菜を収穫する折、雑草を摘み取るように言われていたのであった。

「大きくなると手強いし、野菜が育つ邪魔になりますからね」

教えた亀乃は、

「おや、これはいけないわ」

ゆめ姫が摘み残した小さな緑色の芽を引き抜いた。

「まあ、可哀想《かわいそう》」

思わずゆめ姫が洩《も》らすと、

「たしかに毒があるのはイヌホオズキのせいではないわね」

亀乃は柔らかく笑った。

「ここではもう、子どもが庭で遊んでいて、うっかり、この草の実を口にすることなどありはしないわね。少しは鳥たちに残しておいてやってもよろしいのかもしれないけれど――」

言葉とはうらはらに亀乃の手は止まっていない。

「鳥には毒ではないのですか？」

ゆめ姫は意外に思った。

頷《うなず》いた亀乃は、

「イヌホオズキが面白いのはね――」

せっせと手を動かし続け、

「こちらを出し抜くように毎年、必ず、芽をふくことですよ。根こそぎ取ったつもりでもなくならない。おそらく、鳥たちがこの実をついばんだ後、そこらじゅうに落とし物をして、種を播《ま》き散らしていくからでしょうけれど、わたくしはふと、これは神様のおはからいではないかと思うのです。神様はきっと人も鳥もイヌホオズキまでも、平等に愛しんでおいでなのですよ」

しばしその手を止めた。

この夜、ゆめ姫は夢を見た。

見慣れた大奥の庭であった。

匹田絞《ひったしぼ》りの菊模様の打ち掛けがぱっと目に飛び込んできて、
――わらわが生母上様《ははうえ》のお形見を着ているのだわ。いずれは大奥へ帰る運命ですもの
――
けれどもすぐに、
――わらわではない。あれは生母上様だわ――
遺《のこ》っている絵姿そっくりのお菊の方の小さな耳と細い鼻筋に気がついた。
――でも、亡くなられた母上様がなぜ急に夢に？――
不審に思っていると、急にお菊の方が眉《まゆ》を寄せ、額に脂汗を流して苦しみはじめた。
〝お菊の方様――〟
後ろに控えていた中臈《ちゅうろう》が切迫した声を出した。
やや太く張りのある声。聞き覚えがあった。
――浦路――
ゆめ姫が心の中で叫んだのと、浦路の案じる顔が見えたのとは、ほとんど同時だった。
浦路の顔は今より小さく、すらりとした姿は若々しい。
――浦路は生母上様の部屋方だったわね――
その浦路は、
〝お菊の方様、お襟元が、お首から血が――〟
浦路の言葉にゆめ姫は生母の襟元を見つめた。

衿《えり》が濡《ぬ》れて血が滲《にじ》み出ている。

打ち掛けの薄い地色の衿がみるみる赤く染まっていった。

そして、

――生母上様――

ゆめ姫の叫びも虚しく、お菊の方はばったりとその場に倒れた。

その弾みで、長襦袢《ながじゅばん》の衿に仕込まれ、生母の首を切っていた剃刀《かみそり》が、ことりと音を立てて落ちた。

この後、鴉《からす》の群れが押し寄せてきて、倒れている生母の疋田絞りの上に群がった。

ゆめ姫は悲鳴をあげながら目を覚ました。

二

――これはいったい、何を訴えている夢なのかしら――

起き上がって考えてみたが見当がつかなかった。

大奥や生母の話は信二郎に相談するわけにはいかない。

ふと、一昨年の雪合戦の日、一番若い側室のおなみの方に、鴉の死骸《しがい》が投げつけられたことを思い出していた。

この時、ゆめ姫は同じ様子を夢で見ていた。

貸本屋の重助の災難と同様、夢で見たものや光景が現実になったのである。

――となると、これもこれに近いことが起きるという知らせなのでしょうけど、考えにくいわ。そもそも生母上様はもうこの世には居《お》られない。あんな酷《ひど》いことがあったとしても、もう過去のことですもの――

姫は首を横に振って、

――誰がこの夢をわらわに見せているのか？　生母上様だとしたら、やはり亡くなったのは病が理由ではなく、殺された恨みを、晴らしてほしいということなのかしら？――

知らずと文机《ふづくえ》に頬杖《ほおづえ》をついていた。

――違う。生母上様は恨みを娘に引き継がせようとするようなご気性ではない、いいえ、そうあってほしくない――

夢姫は心から願い、

――幼い時に、言葉一つ交わすことなく逝ってしまった生母上様のご気性やお心など、わらわは何一つ知らない。〝お姿も柳のようにたおやかでしたが、お心の方も何事も海原の波と見定めて、逆らわぬことを信条にされておられました。ですから、お菊の方様を悪く言う者はこの大奥に一人もいませんでした。大奥の女たちが皆、お菊の方様のようであれば、この浦路の心労は無くなりましょう〟と洩らしていた、浦路の話を信じてきただけのこと――。そうだ。じいなら、生母上様について、浦路とは別の感じを持っているにちがいない。もし母上様が殺されたのだとしたら、その真相も教えてくれるかもしれない。浦路よりは、多少手強くないかも――

方忠に訊《き》いてみることにした。

ところが、その方忠は夜が明けるとすぐに、城からの急な呼び出しがあって、朝餉《あさげ》の膳《ぜん》にもつかずに登城してしまった。

——この屋敷でじいと二人で大奥の話をするのは、とてもむずかしいことだわ。朝餉の時、こっそり文を渡して後、じいが口実を作って、わらわを茶室に呼ぶのだったわね。やれやれ、話は明日になってしまうのかしら——

ゆめ姫がやきもきしていると、昼過ぎて城から下がってきた方忠は、いつになく気むずかしい顔で、

「ゆめ殿を茶室に」

亀乃に命じた。

「やはり、ゆめ殿は、箱根で宿屋を営んでいる縁戚《えんせき》の方に会いに行かれるのですね」

亀乃は沈んだ顔でゆめ姫に方忠の言葉を伝えた。

時折、大奥でのお役目を果たさなければならないゆめ姫が、天涯孤独では都合が悪いと言い出したのは方忠であった。

墓参りの方便もそうたびたび使うことはできないし、時と場合によっては大奥に泊まるという事態も起きる。

そう考えると、〝子に恵まれず、血縁はゆめ一人ゆえ、養女になって、どうしても跡を継いでほしい、ついては一度、顔を見せてほしい〟と矢のような催促をしてくる、縁も距

離も遠い親戚がいれば、何かと好都合だということになり、方忠はゆめ姫の大叔父の子息夫婦つまり、親の従兄《いとこ》という架空の親戚をでっちあげたのであった。

もちろん、矢のような催促の文は方忠が頼んで書かせたもので、亀乃はその文が届くたびに顔から笑みを消して、

「ゆめ殿がここからいなくなってしまわれるなんて、目映い光と温かな火が同時に消えてしまうも同然です」

目を瞬《しばた》かせた。

ゆめ姫が茶室に入ると、

「実を申しますと、今朝早く、わたしが登城いたしましたのは大奥から急な報《しら》せを受けたからにございます」

方忠は全身に緊張を漲《みなぎ》らせている。

「何用でした？」

ゆめ姫は胸騒ぎを感じた。

「大奥総取締役の浦路殿が急な病を得られたのです」

「ひどく悪いのですか？」

ゆめ姫の夢には生母とともに浦路が出てきていた。

――もしかすると、あれは浦路の凶事を報せる夢だったのかも――

「奥医師の話ではここ何日間かを持ちこたえれば、見込みはあろうかと――」

「浦路は元気者じゃ、常日頃、風邪一つ引かぬ。そんな浦路が病に倒れるとは――」

〝とても信じられない〟と、その先を続けようとして止めたのは、方忠の目に只《ただ》ならぬ警戒の色を見たからであった。

「浦路殿は昨夜、夕餉を召し上がった後、突然ご気分が悪くなって、そのまま床に就かれたと聞いております。これは――」

方忠も先を続けかけて押し黙った。

「つまり、じいは浦路の病は夕餉の膳に毒を盛られたせいだと考えているのですね」

ゆめ姫は澄んだ目で方忠を見据えた。

「左様にございます」

方忠はずばりと言い切った。

「浦路殿とわたしは、長年、気脈を通じつつ、上様にお仕え申し上げてまいりました。そうすることが、上様、ひいては徳川の世によいことだと信じてきたからです。けれども、中には、この間柄やご奉公の有り様を、快く思わぬ輩《やから》もおります」

「老中をはじめとする、表の者たちですね」

大名である老中の身分は、側用人《そばようにん》よりも高い。

それだけに、将軍の私生活を手助けする、側用人や大奥総取締役を見下すだけではなく、中には出しゃばりが過ぎると毛嫌いするきらいがあった。

「いったい、どなたがそんなことを？」

腹立たしい思いのゆめ姫は訊かずにはいられなかった。

「今は誰とは申せません。確たる証《あかし》があるわけではございませんから。ただ、これはもう、上様をめぐる、ご側室様方の嫉妬《しっと》がなせるものではありますまい。既にお世継ぎは決まっておられますし、沢山おられたお子様方も皆様、それぞれ他家と縁組みが成って、千代田に残っておられるのは、ゆめ姫様、お一人でございます。今更、お年を召されたご側室の方々が、互いに競い合う必要などないのでございます。ましてや、ご側室でもない浦路殿を的にするなど、全く意味のないことです。しかるにこれは政《まつりごと》の常道、権謀術策の手始めにございましょう。浦路殿が毒を盛られるは、わたしが盛られたも同然と心得ております」

失脚を覚悟している方忠は、毅然とした物腰であった。

――じいにもしものことがあったら、この池本家の人たちはいったい、どうなるのだろう――

ゆめ姫はいてもたってもいられない気持ちになり、

「浦路に毒を盛った咎人《とがにん》を暴いて、手始めだというその権謀術策、このゆめが止めてみせます」

きっぱりと言った。

「ありがたき仰せ」

方忠は深々と頭《こうべ》を垂れて、

「浦路殿が病の床に臥《ふ》されている今、大奥を取り仕切る者はおりません。御台所様に次ぐご身分の姫様がお戻りになれば、ご病床の浦路殿も他の女中たちも、どれだけ心強いか――」

方忠は涙ぐんだ。安堵《あんど》と感謝の色が入り混じっている。

――こんな時に姫様がここにおられることなどわかったら、大変な騒動になる。これは姫様には申し上げなかったが、あの一橋慶斉様がいずれ上様になって、京の姫君ではない将軍家の息女のゆめ姫様が、徳川家始まって以来、初の御台所様になるかもしれないという噂《うわさ》も、御重臣の方々を苛立《いらだ》たせていると聞いている――

方忠は一刻も早く、ゆめ姫を大奥へ戻さねばならないと焦った。

一方のゆめ姫は、

――まずい、上手《うま》く仕向けられた気がしてきた。そもそもじいは、わらわを大奥へ戻したくてならなかったはず。じいが狸《たぬき》だったことを忘れていた。わらわとしたことが――

一瞬口惜《くや》しくなったが、

――でも、浦路のことは嘘《うそ》であるはずがない。やはり、これは何とかしなくてはならない――

「断っておきますが、じい、わらわは大奥を束ねるために戻るのではありませんよ。咎人を突き止めるためです。勘違いしないように」

厳しく言い放った。

「それと是非、訊いておきたいことがあるのです」

いよいよ気がかりだった夢の中での出来事を話すことにした。

「お菊の方様のお召し物に剃刀が仕込まれていた？　どこでそんな馬鹿げた話、お聞きになったのですか。聞かれたから、夢にみたのでは？」

方忠は心から呆《あき》れたように応えた。

「上様はとりわけお菊の方様への想いが深く、匹田絞りの打ち掛けがそうであるように、お召し物までお選びになるほどでした。それでそんな根も葉もない噂が立ったのでしょう。他のご側室たちの嫉妬がなせる噂には違いありませんが、今更、もういい年齢《とし》のどこのどなたが、わざわざ、そのような昔のことを姫様のお耳に入れたのでしょう」

やれやれと嘆息した。

三

翌朝、方忠はゆめ姫が箱根の親戚の元へ旅立つのだと家族に告げた。

「まあ、それは大変――」

亀乃は庭に咲いている桃の枝を幾枝かあわてて用意した。

「すぐ帰ってまいります」

ゆめ姫が言うと、

「でも、親戚の方とは積る話もあるでしょう。ゆっくりしていらっしゃいませ」

そう言いながら、亀乃の目に光るものがあった。

「信二郎にはわたくしから伝えておきましょう。どうか、道中気をつけて」

総一郎は穏やかな笑顔で送ってくれた。

――信二郎様にも挨拶がしたかった――

旅支度をしたゆめ姫は、箱根から迎えに来たことになっている従者と屋敷が見えないところまで歩くと、用意されていたお忍駕籠《しのびかご》に乗った。

もちろん、向かうのはその先に箱根山のある東海道ではない。

菩提寺《ぼだいじ》の裏門に乗り付けると、いつものように待っていた住職が寺の客間に連れて行ってくれた。

その客間には、一足先に訪れていた方忠の姿と長持が一棹《さお》あった。

方忠は登城を遅らせ、菩提寺で待機していたのである。

「これは当家に出入りしている菓子屋のものです。新年の〝雪中御投物〟の時は、ここで、上様のために霊験あらたかな玉川の若水を汲《く》みに行った、浦路殿の使いの者に化けていただきましたが、今回はこれに隠れて大奥へお戻りいただくことにいたしました。折しも雛節句、菓子屋の出入りだけは多いので、誰も怪しむことはないでしょう」

「わかりました」

「それから手にされている桃の枝は、ここへ置いていかれてください。桃は香ります」

「残念だわ」

手から桃の枝を離したゆめ姫は、すでにもう、亀乃の丸く優しい顔がなつかしかった。

こうして姫が隠れた長持は、大奥の姫の部屋の前にある庭先まで運ばれた。

藤尾は、七ツ口から長持を担いできた御末たちを下がらせると、

「姫様、お早く」

長持のそばで囁《ささや》いて蓋《ふた》を開けた。

出てきたゆめ姫はうーんと唸《うな》って腕を伸ばし、

「窮屈ではあったけれど、一時、羊羹《ようかん》や菱餅《ひしもち》になったような気がして、なかなか面白かったわ」

暢気《のんき》なことを言ったが、

「姫様、お急ぎください」

急《せ》かされてすぐ、着替えの間に入った。

白い襷《たすき》をかけた藤尾は、きびきびとゆめ姫の着替えを手伝った。

雛節句間近とあって、着替えの打ち掛けも桃の花と雛の模様の加賀友禅である。

ゆめ姫が着替えると、姫風に髪を直しはじめた藤尾は、

「何だか、お着替えが前より早いような気がいたします」

意気込んでいただけに、拍子抜けした様子で首をかしげた。

「それは藤尾、ここのところ、わらわが一人で着替えていたからですよ」

ゆめ姫はくすりと笑って、

「城から出れば、わらわとて姫ではないのですからね」

髪が終わると、ゆめ姫と藤尾は雛が飾られている居間に落ち着いた。

雛の隣には、匹田絞りの菊の打ち掛けが衣桁《いこう》に掛けられている。

――よかった。生母上様の形見は血にまみれていなかった――

ほっとして、

「雛は〝光月《こうげつ》〟のものでしたね」

ゆめ姫はしみじみと特別誂《あつら》えの雛を見た。

「〝光月〟は亡き生母上様のお実家《さと》と聞きました」

「そうでしたか。ご存じでしたか」

「藤尾は知っていたのですね」

「ええ」

「なぜ、教えてくれなかったのですか」

「ご側室様方には実家などないものと心せよというのが、浦路様のお言いつけでございます」

「あるものをないと思えというのはわかりませんね」

「はい」

「藤尾だって、実家はなつかしいものでしょう」

「器量に恵まれず、親にため息ばかりつかせて、孝行はできませんでしたが、それなりに——。血のつながりがございますから」

「今回の浦路のことは知っていますね」

ゆめ姫は訊いた。

「もう、驚いてしまって。何とか、一命は取り止めたものの、まだ予断は許さぬお具合とか——。浦路様がここへ姫様の雛を運ばせ、お忙しい身であるにもかかわらず、お一人で飾りつけをされた翌々日のことでしたので——。そうそう、その時、浦路様は、お菊の方様のお形見も飾るよう、わたくしにお命じになられました。〝何か起きた時、姫様は頼りになるお方、そのお方が今、大奥にいらっしゃらないなら、せめて、代わりなりとも飾らなくては〟とおっしゃって——」

——じいが言っていたように、浦路もわらわが戻るのを待っていたのだ——

一瞬、ゆめ姫は胸を打たれたが、

——そうはいっても、実家はなきものと思うようにとはひどすぎる。側室たちの中には、浦路を恨んでいた者がいるのではないだろうか——

「浦路が誰ぞに恨まれていたというようなことはありませんか」

「さあ」

藤尾は滅多なことは口にできないと下を向いてしまった。

——藤尾が貝になってしまった。別のやり方を見つけて口を開かせねば——

「どうでしたか？　好きな書物を読んだり、絵を描いたりして気儘《きまま》に過ごす日々は？　堪能できましたか」

話を変えてみた。

「それはもう」

ぱっと藤尾の顔が輝いた。

「正直、姫様のお姿をして暮らすのは、少々、窮屈ではございました。でも、沢山、思う存分、本を読んだり、絵を描くことができて、少しも退屈ではございませんでした」

「描いた絵を見たいですね」

「はい、只今」

うれしそうにうなずいた藤尾は絵を残らず持ってきて、畳に広げて見せてくれた。

「師事したわけでもないのに、ここまでの腕前とは、本当にたいしたものです」

ゆめ姫は褒めた。

一番大きな絵は十歳ほどの男の子の肩に鳥が乗っている構図であった。

ゆめ姫は一目でこの絵に惹《ひ》きつけられた。

男の子は二年近く前に亡くなった千代丸《ちよまる》君であった。

肩に乗っているのは、当時、同じ名が付けられていた飼い鳥〝千代〟だった。

鳥は雌だったので、〝千代丸〟とは呼ばれなかったのである。

「千代丸君も〝千代〟もそれはそれは可愛らしくて――」

思い出すだけでも、ゆめ姫は目に涙が滲みかけた。

藤尾の目にはすでに涙が光っている。

藤尾が、

「せめても、可愛いお姿を残したくて、わたくし、描いてみたのでございます」

そっと目に人差し指を当てて、涙を拭《ぬぐ》うと、

「千代丸様の御生母様は、京からおいでになった朝山《あさやま》の方様。公家《くげ》のお血筋は争えず、御生母上様似の千代丸様は、男雛のような典雅なお顔立ちでおいででした」

「〝千代〟は千代丸君になついていましたね。いつも千代丸君と一緒で――」

「〝千代〟はお喜代《きよ》の方様が飼っておられたヒヨドリでした。何でも、大奥の庭に来たヒヨドリが一羽、お喜代の方様のお部屋へ舞い込んだのだとか。以来、お子様のいらっしゃらないお喜代の方様は、すっかりこの鳥に夢中になってしまわれ、愛くるしい千代丸君にあやかって、〝千代〟と名づけられ、まるでわが子のようなお可愛がりようでした――」

「けれども、その〝千代〟も、もうこの世にはいませんね」

「鳥の命は短いものですから。お喜代の方様は〝千代〟がある朝、籠《かご》の中で死んでいるのを見て、ご自身も病みつかれ、とうとう亡くなってしまわれました。昨年の冬のことでございました」

「見知った方々が亡くなるのは辛《つら》いことです」

そう言いながら、ふと、ゆめ姫は、

——〃千代〃は寿命とも思えるが、元気だった千代丸君やお喜代の方は、もしかして

——

気に掛かり、

「長局《ながつぼね》の浦路を見舞うことにいたしましょう」

立ち上がった。

「でも——」

〃御投物〃以降、ゆめ姫は長引く風邪を患っていることになっている。

藤尾の目は、ゆめ姫の血色のいい顔と荒れた手を交互にながめていた。

気がついたゆめ姫は、

「それではもう少し、わらわの顔と手に白粉《おしろい》を塗り足して——」

——白粉は薄く付けた方が姫様にはお似合いなのだけれど——

藤尾は内心そう思いつつ、言われた通り、姫の顔に白粉を重ねた。

浦路は長局にある自分の部屋で床に臥せっていた。

目は覚ましていたが虚ろで力はない。

顔は青くむくんでいた。

「これはゆめ姫様」

浦路の枕元に座っていた朝山の方が両手をつき、膝退《しったい》した。

四

公家の家に育った朝山の方は、御所人形風の優しく繊細な美形であったが、それがはかなげにも淋《さび》しげも見えた。

千代丸を亡くしてからはなおさらであった。

誰に対しても物腰柔らかく、微笑《ほほえ》みを絶やさない振る舞いが痛々しい。

「あなたがずっと浦路の看病をしてくださったのですね」

「はい」

答えた朝山の方は、

「何とかご快復されていただきたいと思い、付き添っておりました。わたくしではとても、お喜代の方様のようにはまいりませんが」

今は亡きお喜代の方は浦路の腹心の部屋方であった。

ただし、お喜代の方は側室になっても子に恵まれなかった。

三十路《みそじ》を迎え、お褥《しとね》すべりとなると、いつしか権力者の浦路を頼むようになり、傍らで助けるようになったのである。

もとより、一度将軍の寝所に召された者は、終生大奥から外へ出ることは許されない。

「ありがとう。ご苦労でした。少しご自分のお部屋へ戻られておやすみください」

ゆめ姫は朝山の方を労《ねぎら》った。

白い顔に看病疲れが出ている。

思えば朝山の方もお喜代の方に次いで年嵩《としかさ》であった。

千代丸を失った今、頼るはお喜代の方と同じく浦路しかいないのかもしれない。

「ありがたきお言葉にございます」

朝山の方は深々と頭を下げて、

「でも、もう少し、わたくしがお世話を」

部屋から下がろうとはしなかった。

すると、臥せっていた浦路が、

「朝山の方殿、ゆめ姫様の仰せにございます。ゆめ姫様はここ大奥では御台所様に次ぐお立場のお方。仰せに従いませ」

声を振り絞った。

「わかりましてございます」

朝山の方はしおしおとうなだれて部屋を下がった。

——何もあんな風に言わずともいいものを。せめて、労いの言葉ぐらいかけてからにしてほしかった——

そう思ったゆめ姫だったが、相手は病人である。

責める言葉は口に出さずに、

「浦路のことが心配で戻ったのですよ」

少々尖《とが》った声をだすと、

「しっ」

浦路は人差し指を唇に当て、

「姫様、姫様は長引く風邪のせいで、ずっと部屋に籠《こ》もられていたことになっております。これをお忘れなきよう。ここは大奥。たとえご自分の部屋でも誰が耳をそばだてているか、わかったものではないのですよ」

ゆめ姫を見据えた。

いくらか目に力が戻ってきている。

「そうでした。ごめんなさい」

詫びたゆめ姫は、朝山の方が下がっていった襖《ふすま》の方をちらりと見た。

何やら人の気配がしているような気がしないでもなかった。

おそらく浦路付きの者たちではあろうが――。

何やら不安を感じたゆめ姫が黙ってしまうと、

「どうやら、姫様も少しは大人になられたようですね」

浦路は床の上に起き上がった。

「そうだといいのですが」

「実はわたくしの方から、姫様をお訪ねしようとしていたところだったのです」

「そんな身体《からだ》では無理でしょう」

ゆめ姫は呆れた。

「いえ、もう、大丈夫。朝山の方殿がよくしてくださいましたから」

――朝山の方の前で言ってほしかった言葉だわ――

「優しいけれど哀《かな》しい方ですね」

朝山の方の話をしようとすると、

「わたくしは夢で三途《さんず》の川を渡りかけたのです」

「まあ、浦路が夢を――」

ゆめ姫の関心は一挙に浦路の夢に移った。

「死にかけたのですからね、三途の川の夢を見るのは当たり前でございましょう」

「それでどんな夢でした」

「川の前で、亡きお菊の方様とお会いしました」

「何と生母上様と」

「はい。お若いままのお美しいお姿でした。今の姫様のように」

「それで――」

ゆめ姫は先を促した。

「あの匹田絞りの打ち掛けをお召しになっておられました」

――わらわの夢と同じだわ――

「生母上様は浦路に何と――」

「それが何とも不思議なのです。襦袢の衿の糸を抜かれて、中に仕込んであった剃刀を、わたくしに差し出されたのです。その後、すぐ、お菊の方様のお首から血が噴きあげ、みるみるお着物が赤く染まって、お倒れになりました」

――ここまでもよく似ているけれど、わらわの夢では剃刀はお倒れになる時に落ちた。浦路に差し出したりしていない。場所も三途の川などではなく、大奥のお庭だった――

「その時、わたくしはてっきりこれは、あのお菊の方様がお迎えにおいでになったのだと思いました。自分は死ぬのだと思ったのです。ところが剃刀を渡されてほどなく、三途の川も倒れていたお菊の方様も消えてしまって、わたくしはここに寝ていたのです。とにかく、夢に出ておいでになったのは、お菊の方様でございましたので、気になって、まずは姫様にお話ししなければと――」

「夢と似たようなことが、前に起きていたのではありませんか」

方忠の耳には入っていない出来事もあるはずである。

「たとえば寵愛《ちようあい》深かった生母上様を妬《ねた》んで、衿に剃刀が仕込まれていたとか――」

「ございません」

浦路はきっぱりと言い切った。

「そんなこと、この浦路が付いていて起きようはずがございません」

「となると、その剃刀には別の意味がありますね」

「別の意味とおっしゃいますと――」

「亡き生母上様は浦路が死にかけたこの件について、何かご存じなのです。剃刀を渡したり、自分が血にまみれたりして、何か大事なことを伝えたいのだと思います」

「実はわたくしもそう思えてならず、それもあって姫様にお会いせねばと――」

「とはいえ、わらわには何の心当たりもありません。〝剃刀〟に大きな意味があるように思えるだけで。浦路、剃刀と聞いて思い当たることはありませんか」

「〝剃刀〟――でございますか」

応えるのを思い止《とど》まっていた浦路がやっと思いきった。

「一つだけ思い出しました。古い話です。上様がまだお若くご壮健で毎夜のようにお鈴廊下をお渡りになっていた頃、蔓延《はびこ》っていた、側室同士の牽制《けんせい》や露骨な嫌がらせ、虐《いじ》めを、誰が言いだしたのか、〝剃刀華《かみそりばな》〟と言っていたことがございました。恐ろしい喩《たと》えです」

「〝剃刀華〟とは、まるで剃刀の刃のように、鋭く残酷な華のことですね。華とは人、美しい側室たちでしょう」

「あの頃、大奥では年に三人ものお子様がお生まれになる一方、同じく三人の幼子が亡くなることもあったのです」

「〝剃刀華〟による殺生ですね」

「もとより、全《すべ》てがそうではございませんが――」

「たぶん、生母上様は浦路に〝剃刀華〟を思い出してほしかったのだと思います」

「けれども、それでは、わたくしに毒を盛った理由にはなりません。わたくしは側室でもございませんし、第一、歳月を経た大奥にはもう、側室同士の争いなどないのですから」

浦路は方忠と同様のことを言った。

「争いなどなく、〝剃刀華〟など忘れ去られた言葉だと思い込んでいるところが、盲点なのかもしれませんよ」

「盲点？　それでは今なお、〝剃刀華〟は行われているとおっしゃるのですね」

浦路の顔がさらに青ざめた。

うなずいたゆめ姫は、

「当時のすぐにそれとわかった〝剃刀華〟ではなく、もっと陰湿にわかりづらくなってきているのかも――」

「何と――」

絶句して浦路は額に脂汗を流した。

「これは何としても、突き止めねばなりません。放《ほう》っておくと、大きな災いが大奥に降って湧《わ》くかもしれないからです」

方忠が懸念していた政争のことがゆめ姫の頭をよぎった。

――これがじいのいう通り、相手の手始めだとしたら、何の手も打てないと侮られてはならぬ――

ゆめ姫は知らずと歯を食いしばっていた。

五

また熱が出てきて頭を枕《まくら》につけた浦路は、

「鴉、死んだ鴉が、おなみの方様に災いが――。でも、おなみの方様はご懐妊ではなく、大事なかった。ほんとうによかった。けれど鴉、あの不吉な鴉はいったい――」

雪合戦の日の凶事を思いだしてうなされはじめた。

その言葉を聞いて、ゆめ姫は、あの頃、おなみの方に懐妊の兆しがあったものの、結局は違っていたことを初めて知った。

――あの日、鴉の死骸はおなみの方に投げられた。あれは偶然だったのだろうか。〝剃刀華〟の話など思い出させて、わらわとしたことが、責任感の強い浦路を追い詰めてしまった――

後悔したが、もう後の祭りである。

――こうなったら、浦路のためにも早く何とかしなければ――

廊下に控えていた藤尾を呼んだ。

「わらわはここでしばらく浦路を看病いたします」

「姫様が、でございますか」

「もちろん」

「朝山の方様にお代わりになった方がよろしいかと――」

「なぜじゃ」

　珍しくゆめ姫は語気を荒くした。

「姫様では、かえって浦路様がお気をお使いになられるのではないかと」

「でも」

「お気持ちはわかります。しかし、今は浦路様に一日も早くお元気になっていただくことが肝要。姫様が戻られたことだけでも、どんなにか浦路様が安堵なされたことか」

　藤尾の落ち着いた物言いに、

「ならば仕方ない」

　ゆめ姫は渋々、浦路の部屋を出た。

　自分の部屋に戻ると、

「藤尾、そこにお座りなさい」

「はい」

　かしこまって座った藤尾に、

「おまえは忠義者ですね」

　念を押した。

「もちろんでございます」

　応えた藤尾に、

「ではわらわが今から訊くことに、隠し立てなどしてはいけません。よいな」

「はい」

「訊きたいのはさっきのこれじゃ」

畳の上に広げられている千代丸と〝千代〟の絵を指さして、

「大奥は前触れもなく人が死ぬ。死ぬには理由があるはずなのに、何の詮議《せんぎ》もなく病死とされてしまう。それゆえ、千代丸君も、〝千代〟の主《あるじ》だったお喜代の方も、なぜ、死んだのかわからぬ。わらわはこれが不思議でならぬのです」

「姫様はお二人が亡くなられた理由をお知りになりたいのですね」

「その通り」

「でしたら浦路様が皆におっしゃったように、お二人とも流行病《はやりやまい》に罹《かか》られて──」

「千代丸君が亡くなったのは秋のこと。お喜代の方様は冬だったけれど、どちらの時も流行病など大奥に入ってきてはいなかった。浦路がこじつけて取り繕ったのです。わらわが知りたいのは真の理由です」

「それなら姫様」

藤尾はまじまじとゆめ姫を見つめて困惑した。

「お二人のお話とわたくしの忠義とが、どこで関わるのか、ご説明いただけませんか。わたくしにはどうもそのあたりがよくわからなくて──」

そこでゆめ姫は浦路と自分が見た夢の話をした。

すでに藤尾はゆめ姫の力を知っている。

「するとお二方は、ほぼ同じ、お菊の方様の夢をごらんになったわけなのですね」

藤尾は驚いた。

「わらわには血まみれの剃刀を見せて、これがすべての元凶だと報せ、浦路には剃刀を渡して、これが因《もと》で毒が盛られたのだと示したのですよ。浦路だけではなく、わらわにも見せたということは、いずれ、わらわの身にも降りかかる大凶事の前触れ——」

ゆめ姫は多少大袈裟《おおげさ》に言うと、

「そ、そんなことが姫様のお身の上に——」

藤尾は膝《ひざ》に置いた両手を握りしめて、

「この藤尾、知る限りのことを忠義に代えてお話しいたします」

覚悟のほどを示した。

「ありがとう、礼を言います」

思わず藤尾の両手を取ったゆめ姫は、〝剃刀華〟の話をすると、

「〝剃刀華〟、聞いたことがございます。時々、お年を召された方々の口に上ることがございまして、物騒な名でしたので、いったい何のことかと思っておりましたが——」

藤尾は震え声で応えた。

「聞いたことがあるのは〝剃刀華〟だけではないはずです。千代丸君の生母、朝山の方、お喜代の方についても、何か、知っていることがあるのではありませんか？」

「朝山の方様は、あの通り、大人しい京の姫御前《ひめごぜん》でおいでですから、他の方々と争い事な

ど起こるわけもございません」

「ではお喜代の方は？」

ゆめ姫の知っているお喜代の方は、貧乏旗本の出身ながら、豊満な身体つきが艶《なま》めかしく、愛嬌《あいきょう》のある丸顔に目鼻口がくっきりした美女であった。

子供好きで、大らかでいつもにこにことしていた。

「さっぱりしたご気性のよい方でした」

「それは藤尾がそう感じていたのでしょう。わらわが聞きたいのは皆の噂です」

「あまり——よくは——」

藤尾は口ごもった。

「まあ、それはどうして？」

今更のように、大奥とは女の意地の悪さがとぐろを巻いているような所だと思える。

ゆめ姫は俯《うつむ》いて躊躇《ためら》っている藤尾を促した。

「構いません、聞いていることを全て言ってごらんなさい」

「はい、では」

藤尾は冷や汗をかきながら、

「あれだけのご体格なのに、身籠《みご》もらないのは石女《うまずめ》の祟《たた》りなのだとか——」

——女同士だというのに、何というひどいことを言うのだろう——

「それから？」

「お喜代の方様と朝山の方様はお年齢《とし》が違われません。それで、朝山の方様が若君をお生みになったことを深く妬んで、当てつけに〝千代〟と名付けたヒヨドリを飼っているのだとか――」

「その噂は千代丸君が亡くなる前からあったの？」

藤尾は黙ってうなずいた。

「千代丸君とお喜代の方の〝千代〟は仲良しでしたね。でも、千代丸君の生母、朝山の方は、飼い主のお喜代の方の悪い噂を気になさらずにいられたものかしら？」

「それはもう、とても気にされたとは思います。でも、お喜代の方様には浦路様の後ろ盾がおありになりました。たとえ気が進まなくても、千代丸君が〝千代〟をお気に召されている以上、遠ざけるようにとはおっしゃりづらかったはずです」

「千代丸君は〝千代〟のせいで亡くなったのではないわ」

「千代丸君はお庭で急に倒れられ、三日三晩、吐き下されてとうとう――。もちろん、〝千代〟のせいなどではありません。〝千代〟はご一緒してはいませんでしたから。千代丸君が亡くなった後、〝千代〟は大好きだった若君に会いたいのか、籠の中でぴいぴいとよく鳴いていました」

藤尾は自分が描いた絵の千代丸君と〝千代〟の愛らしい姿を、じっとながめて目を潤ませた。

「お喜代の方は長く患いましたね」

「お喜代の方様付きの中臈から、お喜代の方様のお具合が悪くなったのは、〝千代〟の死に方があまりに酷かったせいだと聞いています」

「〝千代〟はまさか――」

「何でも鳥籠に小さな穴が開いていて、そこから〝千代〟の首がもげて、籠の下に落ちていたとか――。ご覧になった浦路様は、〝これは外に出たい一心の千代が首を出したものの、身体を出せず、もがいているうちに起きた不運〟とおっしゃったそうです」

「愛しいもののそんな無残な姿を見れば、誰でも加減が悪くなるでしょうね」

「たしかにお喜代の方様は長く患われましたが、亡くなったのは長患いのせいではありません。〝千代〟をあのような形で失った痛手から、立ち直りかけていた矢先のことでした。何でも近く、浦路様が手乗り文鳥をお見舞いにくださることになっていたとか――。それを待てず、お喜代の方様は急に悪くおなりになったのです。夕餉を召し上がられて――」

「それでは――」

「ええ、今回の浦路様と同じでございます。お喜代の方様は心痛で身体が弱っておいでだったので、お気の毒にも、持ちこたえることができなかったのです」

「お喜代の方と朝山の方の仲は？」

「千代丸君が亡くなられてこちら、朝山の方様はよくお喜代の方様を訪ねておいででした。〝千代を見ていると、若君を思い出し、心の慰めになるから〟とおっしゃって――。お喜代の方様もお喜びのようでした。上様のお召しのないご側室方はお寂しいものです。お二方は寂しい者同士、寄り添うように訪ね合っておられました。その後は妬みだの何のという陰口は、一切、聞かれなくなりました」

六

「〝千代〟が死んでからも、二人のつきあいは続いたのでしょうね」

「ところが前ほどでは」

「でも、朝山の方はお寂しいはずですよ」

「〝千代〟のひどい死に様を見て、お喜代の方様のお具合は悪くなりました。これを聞いた朝山の方様は、〝わたくしが顔を見せれば、お喜代の方様は〝千代〟を思い出してしまわれる。互いに悲しいことは忘れた方がいいのかもしれない〟とおっしゃったとか。あの方らしい、行き届いたお言葉ではございませんか」

藤尾は朝山の方の気遣いを感心していたが、ふと高坏盆《たかつきぼん》に目を転じると、

「雛菓子が少のうございますね。持ってまいりましょう」

部屋から下がった。

ゆめ姫は一人になると、正面に飾り付けられた雛飾りを見つめた。

〝光月〟の先代、ゆめ姫の母方の祖父の一世一代の作品の雛は、よくある五段雛ではない。

京の御所を模して作られている。

御所の中には部屋が設《しつら》えられていて、さまざまな調度品とともに雛人形が配されている。

ぎない。

雛人形よりも御所の造りや調度品が目立つ雛飾りであった。

雛人形は瀟洒《しょうしゃ》な御簾《みす》の陰に、小さな女雛と男雛が、ちょこんと行儀よく並んでいるにすぎない。

——これでは生母上様とて魂を宿らせることができぬかもしれぬ——

そう思いつつ、ゆめ姫は小さな女雛に向かって手を合わせた。

——生母上様、どうかわらわにお力をお貸しください——

しかし、女雛の表情は人形のままで、いっさい声は聞こえてこない。

——死者には掟《おきて》があって、話せる内容が限られているのだったわ——

姉の福姫の霊が言っていたことを思い出し、

——今、話を聞きたいのは、お喜代の方か、千代丸君についてのことなどだけれど、どうやったらお二人にお話が聞けるものかしら？——

藤尾が描いた千代丸君と〝千代〟の絵にしばし見入り、手を触れてみた。

だが、絵の中の千代丸はうれしそうに微笑んでいるばかりで、いっこうに声をかけてくる気配はない。

——いったい、どうしたというのかしら？——

そこへ藤尾が、雛あられが盛られた高坏盆を掲げ持って戻ってきた。

「申しわけございません。皆様とお喜代の方様の思い出話などしておりまして遅くなりました。何かのお役に立つかもしれないと思いまして——」

「まあ、見事な」

ゆめ姫は高坏盆に盛られた雛あられに見惚《みと》れた。紅白に加えて、緑、黄、橙《だいだい》、紫、水色と七色の豪華絢爛《けんらん》さである。

「そうでした、お喜代の方は、雛あられを手ずからお作りになるのがお好きでしたね。お元気な頃は今時分になると、ありがたく、また珍しく、いただいたものでした」

ゆめ姫はお喜代の方が雛あられ作りの名人だったことを思い出していた。

「あまりに綺麗で見事でしたので、あれがなくては寂しいと、長局の皆様が御仲居方に頼み、御仲居の方々が思い出しながら作ってみたのがこれなのです」

藤尾もうれしそうに七色の雛あられを見つめた。

「何といっても衣のお色が素晴らしいわ」

「何でもお喜代の方様は、七色の色の付け方を書き残されていたとのことです。それで作ることができたのです。生前は内密にしておられましたけれど」

「内密にしたい気持ちはわかりますよ。人をあっと驚かせるのは楽しいものですもの——」

「お喜代の方様は、あられに使う餅米も特上のものを使うよう、書き記しておいでだったそうです」

「おや、あられに使うのは普通のお米ではないのですか?」

ゆめ姫は亀乃に習って、あられには炊いて残った米を干して使うと教えられている。

「姫様、よくご存じで」

藤尾は驚きかけて、

「そうでございました。姫様は市中へ出られておいででした。それでお知りになったのですね。わたくしのところでもそうでしたが、残り物の米を使うのは倹約でございますよ。上質のあられは餅米で作るのです。米は尊いものですが、餅米となるとさらに尊く、神様にさしあげると大変喜ばれるのだと、実家の母は申して、餅や餅米を神棚に上げておりました」

これを聞いたゆめ姫は、

――この雛あられがお喜代の方伝授のものであり、使われた餅米に力があるのだとしたら、もしかして――

じっと高坏盆の雛あられを見つめ続けた。

すると、ほどなく、ふっと意識が遠のいたような気がして、ゆめ姫は夢の中にいた。

立っているのは、見慣れた大奥の中庭であった。

――前の夢ではここで生母上様が血にまみれてお倒れになっていたのだったが――

不吉に感じていると、匹田絞りの打ち掛けを着たお菊の方がこちらへ歩いてきた。

ゆめ姫の姿を見て微笑んだが言葉はかけない。

お菊の方の後ろからついてくる女人がいた。

紫色の頭巾を被《かぶ》っているので誰だかわからない。

けれども、

〝ゆめ姫様でいらっしゃいますね。現世ではお世話になりました〟

深々と頭を下げて話す声には、聞き覚えがあった。

――えっ、お喜代の方？　でも、どうして頭巾を――

お喜代の方の声は姿形と同様に美しかった。

〝こちらこそ〟

ゆめ姫が礼を返し会釈を終えると、もうそこには生母、お菊の方の姿はなかった。

〝わたくしはお菊の方様にご一緒いただかないと、ここへ来てお話しすることができぬのです。それでこうして、連れてきていただいたのです〟

お喜代の方はそう言うと、

〝大丈夫。生母上様とはまたお会いになることができますから〟

一瞬、寂しそうな顔を見せたゆめ姫を慰めた。

――この方は誰に対しても思いやりの深いお方だった――

ゆめ姫はなつかしさで胸が一杯になったが、

――今は優しさに甘えている時ではない。しっかりせねば。頼る方ではなく、頼られる方にならなければ――

〝お喜代の方、どうか、お胸にあるわだかまりをわらわに話してください。そのために、生母上様を頼み、現世にいるわらわと会おうとされたのでしょうから〟

ゆめ姫は精一杯の力をこめて、目の前にいるお喜代の方を見つめた。

〝大人になられましたね〟

お喜代の方はさらりと褒め、

〝わたくしについて残った者たちが、あれこれ取り沙汰しているようですが、わたくしは毒を盛られて死んだのではございません。持病が悪化し天命に従ったのです〟

と続けた。

〝長く臥せっておられたのは、持病のせいだったのですね〟

うなずいたお喜代の方の顔が翳《かげ》って、

〝父親譲りのものとはいえ、姿形が変わる、女の身には辛い病でございました〟

呟《つぶや》いてお喜代の方はうつむいた。

〝顔が別人のように腫《は》れ、身体がむくみ、動悸《どうき》がして眠れず、最後には心の臓が弱って死に到るのです〟

〝それでお部屋から出られなかったのですね〟

〝たしかに〝千代〟の死はこたえました。けれども、それだけが理由ではなかったのです。夕餉を口にして具合が悪くなったのも、偶然にすぎません。吐き下したなどという話は偽りです。いよいよ、悪くなっていた心の臓が止まっただけのことでした〟

〝そうでしたか――〟

〝ですから、わたくしは自分の死を受け入れて、成仏しております。あちらの世界ではこうして、わたくしの顔も思う前のままですし、日々、ゆったりとのどかで、とても、幸せに暮らしております。このことをお伝えしたくてここへまいったのです〟

お喜代の方の顔から頭巾が外れた。

ゆめ姫が覚えている、艶やかな美しいままのお喜代の方であった。

とはいえ、お喜代の方の表情は明るくない。何かを憂い、案じているように見えた。

〝仲のよろしかった朝山の方のことは、気がかりではないのですか〟

ゆめ姫は思いきって訊いてみた。

〝あの方は最愛のお子様を亡くされました。世さえはかなんでおいでのはずなのに、表には出さず、じっと耐えておいでです。お辛い胸中いかばかりかと――〟

お喜代の方は答えず、ただ、じっとゆめ姫を見つめている。

七

――お喜代の方なら、千代丸君があの世でどう暮らしているか、知っているのではないだろうか――

ゆめ姫は訊かずにはいられない。

〝せめて、朝山の方にお伝えできることがあれば、どうかかわらわにお知らせくださいい。今の朝山の方にとって、気がかりなのは千代丸君の御霊《みたま》が安らかであること――〟

すると、お喜代の方は予想に反して、後ろを向くと、さっと煙のように姿を消した。

──やはり、これにも掟が関わって、知らせてはくれぬものなのか──

ゆめ姫は落胆した。

やがて、どこからともなく、鳥の声が聞こえてきた。

チチチチ、チュンチュンチチ──

──もしや〝千代〟では──

咄嗟にそう思ったゆめ姫の目の前に、元気な千代丸と〝千代〟の姿が見えた。

それは藤尾の描いた絵、そのものであった。

〝千代〟は、
チチチュン、チチチ、チュンチチチ──

と可愛らしく鳴いて羽ばたき、千代丸の肩にまとわりついている。

〝千代、千代〟

千代丸がにこにこと笑って人差し指を差し出すと、止まった〝千代〟は、チッチチューンという、これ以上はないと思われる、うれしげな鳴き声を上げた。

「お気がつかれましたか」

藤尾の声が遠くの方から聞こえ、すぐそばに案じる顔があった。

畳の上に倒れていたゆめ姫の手には、お喜代の方ゆかりの七色の雛あられが握られている。

「今までお庭におりました。お喜代の方とお会いしていて──。千代丸君や〝千代〟とも一緒で——」

「夢を見ておいでだったのですね」

「ええ、でも——」

藤尾は共に人を助け、霊を供養した信二郎ではない。亡くなった姉、福姫が夢に出てきて、夫と婚家を禍《わざわい》から救ったという話こそ、何とか信じてもらえたが、今、また、このような話を受け入れてもらえるものかと、ゆめ姫は半信半疑で藤尾の顔を見守った。

「姫様はわたくしが夢の話を信じていないとお思いですね」

藤尾は口を尖らせた。

「そんな風に思われるのは、藤尾、不本意でなりません。血にまみれるお菊の方様の夢を見て、浦路様のご容態が〝剃刀華〟と関わりがあるという姫様のお話、どなたが信じずとも、藤尾だけは信じております。藤尾はどんなことがあっても、姫様の味方でございます」

顔を紅潮させた。

この言葉はゆめ姫の胸に沁《し》みた。

「ありがとう、藤尾。恩に着ます」

ゆめ姫はくわしい夢の話をした。

「あの世のお喜代の方様や千代丸様はお幸せなのですね。よかった。安堵いたしました」

聞いた藤尾はほっと息をついた。

「でも、そうなりますと、今回の浦路様とお喜代の方様、千代丸様が亡くなられたのは、関わりのないことになりますね。浦路様もお二人と同じように、お身体のお具合を悪くされただけのことなのでしょうか」

「そうではないでしょう」

ゆめ姫はきっぱりと言い切った。

「それならば、生母上様はあのような夢をわらわに見させぬはずです」

「〝剃刀華〟ですね」

「ええ」

「ところで姫様、〝剃刀華〟、どうして〝剃刀花〟ではないのでしょうか」

「剃刀のような心は草木の花ではなく、人に宿るものだからでしょう」

「そうでございましたね」

うなずいたものの、藤尾は怪訝《けげん》な顔のままである。

「何かおかしなことがありますか」

「いいえ、ただ、〝剃刀華〟のいわれは、毒があって、剃刀のように人を殺《あや》める花、〝剃刀花〟ではないかとふと思っただけです」

「いわれを耳にしたことでも？」

「いいえ。思いつきにすぎません」

「なるほど、〝剃刀花〟ね——。〝剃刀花〟、〝剃刀花〟——」

ゆめ姫は何度もぶつぶつと呟いた。

「つい、つまらぬことを口にいたしました。申しわけございません。お許しください」

藤尾はひたすら詫びた。

しかし、この時、藤尾が言った、元は〝剃刀花〟ではなかったかという言葉は、ゆめ姫の心に奇妙に強く残った。

その夜、夢に〝剃刀花〟が出てきた。

ゆめ姫は相変わらず大奥の庭にいる。

陽差《ひざ》しが強く、草いきれがしている。

〝ご精が出ますね〟

ゆめ姫は庭師に話しかけた。

一心不乱の庭師は答えない。鬢《びん》に白いものの目立つ初老のその男は、声をかけられても手を止めずに、せっせと草を抜いている。

じっと見ていて、抜く草がなくなっても、その手は黒い土へと向かっている。

真っ黒な手が何かを抜く動きだけを続けていた。

——もしかして、この男は死者でありながら、この世に思いを残しているのかもしれない。でも、その思いがどうして、草抜きなのだろうか？——

〝ご熱心でおいでですね〟

ゆめ姫はさらに訊いた。

〝一本たりとも、〝剃刀花〟を残しちゃあ、いけねえんでね〟

庭師はぽつりと呟いた後、

〝あっしは植木屋の頭で政兵衛《せいべえ》といいます。千代田のお城のお庭を守らせていただくのが、あっしら染井の職人の意地なんだよ。権現様の代からある五葉松や桜を、こちらも代々、大切にお守りさせていただいてるんでさ〟

熱心に庭の手入れの話をした。

五葉松は冬の間、幹に菰《こも》巻きをして松につく害虫を集め、春先に菰をはずし、害虫駆除をしてやらねばならない。

桜は根元の土が肥えていないと綺麗な花を咲かせない。

どちらも、手入れは大変で、それゆえ植木職人の腕の見せどころでもあった。

〝手ずから草抜きですか——〟

池本家で草抜きを経験したゆめ姫は、草抜きには経験が必要であることを知っていた。

〝ほっといてくれねえか〟

相手は突然、ぎろりと目を剝《む》いた。

〝若い者に任せてきたばかりにこの始末でさ〟

その言葉とともに見えている世界が少し変わった。

ゆめ姫は古井戸のある裏庭に立っていた。

古井戸を取り囲むように草が生えている。ゆめ姫の腰ほどの高さの草で、黒い小さな実をつけていた。

いつしか、隣には政兵衛と名乗った庭師が居た。

〝この草はイヌホオズキだ。どんなに抜いても必ず生えてくる。ホオズキに似ていて、ヒヨドリなんぞの鳥の好物だが、人には毒だ。毒は葉にも茎にもあるんだが、実となると人を殺せる。子供ならひとたまりもねえ。もちろん、そんなよくねえ草木はイヌホオズキだけじゃねえ、たんとある。熟れねえ前の梅の実だって、子供が口にいれりゃあ、時には命にかかわる。そんな危ねえもんをあっしら植木職は、〝剃刀花〟って呼んでたんだ。花まで咲かす癖に、剃刀のように物騒だってえ意味さ。だからよ、あっしはいつだって、〝いいか、ここは公方様の有り難いお庭なんだ、いつか公方様におなりになるかもしれねえ、若君様方がお庭で遊ばれる、そういう方々にもしものことがあっちゃなんねえ。だから、剃刀花だけは見つけたら抜いとけ、根絶やしにするんだ、おまえら植木屋なんだから、芽のうちにわかるだろ、いいか、わかったな、ぬかるんじゃねえぞ〟って、口を酸っぱくして言ってた。けどな――、あんなことが起きちまって――〟

そこで政兵衛は涙をためて絶句した。

〝千代丸君のことですね〟

ゆめ姫の言葉に政兵衛はうなずき、

〝千代丸様ほど可愛い、心優しい若様はおいでになりますまい〟

思い出して微笑んだ。

〝若い連中がこのイヌホオズキを抜こうとしていたところ、千代丸様が〝千代〟という飼い鳥を肩に止まらせて通りかかり、〝これは千代の好きな食べ物だからこのままにしておいて〟とおっしゃったそうです。それでも連中は、〝こればかりは、いくら若君のおっしゃることでも〟とイヌホオズキを抜いたんですよ。でも、根こそぎ抜いたつもりが残ってたんでしょうね。それで若君は――〟

〝大好きな〝千代〟の好物だからと、一緒にイヌホオズキを食べて命を落としたと？〟

〝そうとしか考えられません〟

〝食べているところを見たのですか？〟

〝いえ。お庭で倒れられてそのまま亡くなったとしか――〟

〝では食べたかどうかわかりませんよ〟

〝お女中方の話では、吐き下されるなど、大変なお苦しみだったと聞いています〟

〝周囲から聞こえてくる話がすべて本当のことだとは限りません〟

――お喜代の方のご臨終にしても、後で語られた話は尾ひれがついていて、真実ではなかった――

〝とはいえ、だからあっしは返り討ちに遭ったんですよ〟

政兵衛は青い顔で言った。

〝返り討ち？〟

〝へい。千代丸様にイヌホオズキを食べさせ、苦しませて死なせちまった報いに、イヌホオズキの毒を盛られました。相手はあっしを恨むあまり、話を訊きたいと持ってきた饅頭に、イヌホオズキの毒を入れてたんですから。聞いてはいましたが、酷い毒でしたよ。ころりといかず、七転八倒の苦しみの末、あっしはやっと死んだんでさ。でも、そいつを恨む気持ちは毛頭ありません。元を糺《ただ》せばあっしらが悪いんですからね〟

そう言った政兵衛の姿は前に見えていた場所にあった。

中腰で草を抜き続け、草がなくなると土に向かって抜く動作になった。

そして、

〝あっしは今も、ただただ申し訳なくてしょうがねえんでさ。あんなに可愛い千代丸様を死なせちまったことが残念で——。生きても地獄、死んでも地獄とはこのことですかね。それでも生きてる時は、お屋敷のお庭を手入れさせていただいているご縁で、前の御老中様で今はご隠居なさった殿様に、この顚末《てんまつ》を聞いていただくことができたんですよ。今から思えば、いくら昔からの馴染《なじ》みとはいえ、あっし風情の話をよく、御老中を務められた殿様が聞いてくだすったもんですね。けど、今となっちゃあ、それも叶《かな》わねえ。ひたすら、こうやって草抜きを続けるしかねえんでさ。南無阿弥陀仏、南無阿弥陀仏〟

念仏を唱えながら政兵衛の姿は消えた。

ゆめ姫は夢から醒めていた。

あたりは暗く、朝の光はまだ射してきていない。

「藤尾、藤尾」

ゆめ姫は次の間で寝ている藤尾を呼んだ。

「はい、姫様」

すぐに起き出してきた藤尾に、

「浦路に付き添っているのは朝山の方でしたね」

「ええ、たぶん」

「それは大変です。浦路が危ない」

ゆめ姫は寝間着の上に打ち掛けを羽織ると、部屋を出て長局に続く廊下をひた走った。

藤尾も同様の姿でついてくる。

「浦路、浦路――」

ゆめ姫は大きな声で叫びながら、浦路の部屋の襖を開けた。

「何事です」

浦路が立ちはだかるようにゆめ姫の前に立った。

浦路はすでに起きて身支度をしていた。

窶《やつ》れた様子ではあったが、いつものようにしゃきっと背筋を伸ばしている。

「浦路、よかった、変わりなくて――」

ゆめ姫は息を切らしていた。

「わたくしは元気になりましたが、たった今、朝山の方殿が――」

浦路は身体をずらして部屋の中を見せた。

浦路の夜着の上に打ち掛け姿の朝山の方がつっぷしている。

「これを――」

浦路は襟元から文を出してゆめ姫に渡した。

「お菊の方様が、夢でわたくしに伝えようとなさったことが書かれています」

文は朝山の方の遺書であった。

朝山の方は、葉を乾かして隠し持っていたイヌホオズキの毒を用いて、庭師の銘木屋《めいぼくや》政兵衛を殺し、浦路をも亡き者にしようとした罪を認めていた。

その理由は、愛児千代丸がイヌホオズキの実を食べて死んだと思い込んだからであった。

朝山の方は、イヌホオズキが生えている古井戸の近くには、お喜代の方の花壇があって、そこで雛あられの衣に使う、すみれや金仙花、藍などが栽培されていると知った。

お喜代の方に花壇を持つことを許したのは、ほかならぬ浦路であった。それゆえ、朝山の方は浦路をも仇《かたき》と思い込んだ。

愛児の突然の死を受け入れることのできなかった朝山の方は、この花壇には、〝千代の好きなイヌホオズキも、実は植えられていたのではないかと邪推、これが千代丸の命を奪った元凶かもしれないと思い詰め、浦路をも的に定めたのであった。

雪合戦の日、御末の一人を使って、おなみの方めがけて死んだ鴉を投げつけさせたのも、朝山の方だった。

浦路の近くにいる朝山の方はおなみの方が懐妊かもしれないと知り、どうにもたまらない思いに駆られたのだという。

ところが、政兵衛を殺してからというもの、亡き千代丸が悲しげな顔で夢枕に立つのです。

以前、夢に現れた千代丸は〝千代〟と戯れて楽しげであったのに、仇討ちをはじめてからというもの、千代丸の顔は暗くなるばかりでした。

浦路様の夕餉に毒を盛った後は、千代丸の顔は怒っていて、生母のわたくしを責めているようにも見えました。

そこで、これはわたくしの考え違いだったと思い至ったのです。ほんとうに申し訳ないことをいたしました――。

「朝山の方は死をもって償われたのですね」

ゆめ姫は朝山の方のおだやかな死に顔を見つめた。

「そのようですね」

浦路はうなずいた。

「しかし、これはあくまで病死。尊いお人柄の朝山の方殿は、わたくしの看病をしているうちに、不幸にも病を得て亡くなられました。よいですね」

念を押すと、さっと手を伸ばして、ゆめ姫が手にしていた文を取り戻すと、

「これは上様にお見せいたします。大奥のことは、たとえどのようなことも上様にはご報告するのが、わたくしの務め。ただし、ご覧いただいたら、すぐに燃やして始末いたします。これは大奥で命を終える方々の名誉のためです。朝山の方を咎人にしてはなりませぬ」

きっぱりと言った。

後日、朝山の方は、栄えある御側室の一人として葬られた。

葬儀の夜、ゆめ姫は夢を見た。

温かい光の中に千代丸と〝千代〟がいて、微笑みつつ、しきりに手招きをしている。

するとほどなく、誘《いざな》われた朝山の方の姿が光の輪の中に収まった。

朝山の方はおだやかな笑顔で後ろを振り返り、つと、輪の外へと手をさしのべた。

そこには庭師の政兵衛が、ひたすら、頭を垂れつつかしこまっていて、おどおどと朝山の方の手に己の手を重ねた。

すると、ぱっと光が弾《はじ》けたかのように輪はまばゆさを増した。三人と一羽は黄金色の光に溶け合って消えた――。

葬儀が終わってしばらくして、ゆめ姫は父将軍に呼ばれた。

丸木橋から見える庭の風景も、ちらちらと緑が増え始めている。父の背後には側用人の池本方忠が控えていた。

「どうかな、町方は？」

将軍はのんびりとした口調である。

「それはもう、楽しゅうございます」

「そうか、そうか」

頷きつつ、

「どうだ、この庭の町屋にも行ってはみぬか」

将軍は歩き出した。

「父上様だけの町屋でございますね。よろしゅうございます。まいりましょう」

将軍は退屈しのぎに城の庭の中に、江戸の町の商家を模した町並みを造らせている。

「そなたはついて来ずともよい」

将軍はうんざりした顔で側用人を退けた。

町並みには、常に、商人のなりをした警護の武士たちが詰めている。

方忠は仕方なく、しかし安心して、

「わかりましてございます」

苦い顔で引き下がった。

二人は並んで、町並みのある、柳の木が植えられている方向へと歩いていく。

「それで夢は見たのか？　幾つか、事件は解決したのかの？」

父将軍がそう言った時、ゆめ姫は我が耳を疑った。

——どうして父上様はそんなことまでご存じなのかしら？——

ゆめ姫の驚いた顔に見入っていた将軍は、

「どうやら図星のようだ」

子どものような無邪気な笑みを浮かべた。

「やはり、そなたにはお菊のような力があったようだ」

——わらわの力は生母上様譲りなの？——

「母上についてお話しください。まずは、どうして、生母上様は大奥なんかに入られたのか——」

「大奥なんかは酷い——」

「すみません」

「だが、今回のことでそなたがそう思うのも無理はない」

「強引で光源氏気取りの父上様が無理を言い通して、母上様は嫌々、泣く泣く大奥へ入られたのでしょう？」

「まあ、そういうこともあったが、お菊の時は違った」

「嘘ばかり——」

「それがこればかりは正真正銘、嘘偽りではないのだ。わしたちは江戸橋の上で出会った。わしが夜だけ城を抜け出して、町中を遊び歩いていた頃のことだ。こっそり供をまいて一人、本船町まで来た時、江戸橋の上に思い詰めた様子の町娘が佇《たたず》んでいた」

「まさか、それが生母上様？」

「そうだ。町娘は橋の上から川を見下ろして啜《すす》り泣いていた。このまま飛び込むつもりに違いないと悟ったわしは、駆け寄った。一目惚《ひとめぼ》れだった。こんな美しい娘を死なせるのはあまりに惜しいと思い、くわしい事情を聞いた。夫婦《めおと》になる約束が破談になったばかりなのだと言って泣き崩れた。娘は自分に備わった予知夢や正夢の力を呪《のろ》っていた。それゆえに夫婦約束が壊れたのだ」

「なにゆえ、力のせいで夫婦約束が駄目になるのです？」

ゆめ姫は首をかしげた。

「何でも、相手は幼馴染みで大店《おおだな》の人形屋である娘の店と、よく釣り合いの取れた呉服問屋の跡継ぎだったそうだ。祝言が近づいたある日のこと、娘は夢を見た。それは舅となる相手の店の主が、旅の途中、賊に襲われて殺される夢だった。相手の店のことを思った娘は、この話を相手にした。その夢に富士山が見えたので、東海道を通る旅は控えてはどうかと助言したのだが、あまりに不吉な中身なので相手は父親に報せず終《じま》いで、主は殺されてしまった。後になって相手は娘の話を母親に洩らした。亭主の訃報に打ちひしがれていた母親は、息子の話を聞くと顔色を変えて、嫁になろうとしているその娘は魔物の化身だと言いだし、嫁になどすることは到底できないと、人を介して破談を申し入れてきたのだ――」

「酷いっ」

「たしかに酷いが人の世と世間にはそういう一面もある」

「つまり、父上様は傷心の生母上様の弱った心に付け込まれたのですね」

「あけすけに言うとそういうことになろうが、その時、お菊にはわしの暮らしも大奥も見透せたはずだ。わしは嘘偽りを申して、お菊を騙《だま》したわけではない。わしについて来ると決めたお菊の一言は忘れられない。〝人を一途に思う苦しさよりは、あなたの暮らしに習う方が、心安らかでいられるように思います〟とな。そなたが市井でのお菊の幸せをわしがぶちこわしたと思っているのなら、大間違いなのだ。わしはこの時、〝そなたほどの器量なら相手はすぐに見つかる。いっそ、町方役人の妻になって、人や事件を見透せる夢で、夫に手柄を立てさせてはどうか〟と勧めたほど、お菊の幸せを願っていた――。だがお菊はもう市井で生きて行く気力が無くなったと申して、わしについてきてくれたのだ」

「それで先ほど、事件を解決したのかなどとおっしゃったのですね」

――まさか、信二郎様や町与力のお手伝いの話を、じいが伝えているはずはないと思ってはいたけれど――

「市井でそなたや亡き生母のような力が役に立つとしたら、奉行所に関わるのもしかたあるまい」

――老いてもお父上様の頭はまだよく切れる――

「それにしても気掛かりなのは、お喜代の花壇のことまで調べて、傷心の朝山に吹き込み、浦路を亡き者にしようと企んだ輩のことだ。それだけではない、あやつらは、そなたと婚約させたばかりに、いずれは将軍の座に就くと噂して、さまざまな思惑を抱いた者たちを、屋敷に押しかけさせ、慶斉殿に気の毒な思いをさせている。徳川を内から崩壊させようとしている。何とか、悪の証を摑《つか》みたいものだ。それゆえ、そなたには市井でよくよく悪人を捜し出す鍛錬を積んできてもらいたい」

常にはない父将軍の長い話を、ゆめ姫は息を詰めて聞き続けた。

方忠からゆめ殿が戻ってくると報された池本家では、まずは亀乃が、

「今度は何を教えてさしあげようかしら」

まるで娘が戻ってくるかのようにそわそわし始めた。

「早速、信二郎に報せましょう」

総一郎はそそくさと読んでいた書物をしまって、八丁堀へと駆けだした。

兄から報された信二郎はむしょうに金鍔《きんつば》が食べたくなって買いに走った。

当主方忠は離れの茶室に籠もった。

——姫と上様はいったい、何の話をしておいでだったのか？——

皆、ゆめ姫を待ちわびている。

あとがき

和田はつ子

子どもの頃からお姫さまが大好きでした。おままごとに飽きると、誰ともなく言い出してお姫さまごっこをして遊んだものです

お母さんのスカートを履けば、白雪姫等の西洋のお姫さま、あの頃はまだ身近にあった浴衣や普段着の着物を羽織れば、〝あんみつ姫〟や〝琴姫七変化〟（当時のコミック、テレビドラマでやんちゃで可愛《かわい》いお姫様がお城を抜け出して騒動を起こしたり、達者な剣の技と惚《ほ》れ惚れするような男装ぶりを生かして、水戸黄門ばりに悪を成敗するお話）の主人公になれたものです。時には真っ赤な口紅を頰《ほお》にまで塗ってみるなど、べたべたとお化粧までしてしまい、大人に見つかって、こっぴどく叱られもしましたが、懲りずにお姫さまごっこを続けました。

お姫さまごっこと縁が切れたのはいつだったか、正確には覚えてはいませんが、どうやら、お姫さまとはそうは楽しくない身分だと察知したからのようです。今でも皇族の方々や茶道や華道、香道、能狂言、歌舞伎等のお家では、結婚にも一定のルールがあるようで、〝あんみつ姫〟や〝琴姫七変化〟の天衣無縫ぶりとは無縁どころか、対極にあるように感

じられたのです。

そんなある時、すでに時代小説を書き始めていましたが、幕末に撮影されたお姫さまたちの写真集を目にしました。痩せて小さく、髪まで薄い、まるでお婆さんのような姿のお姫さまたちが、モノクロームの中で薄幸そのものに鎮座していました。

何と、これがお姫さまの現実だったのかと、わたしは大きなショックを受けました。悲しくもありました。するとなぜか、〝あんみつ姫〟や〝琴姫七変化〟の明るく闊達《かったつ》なお姫さまが思い出されてならず、たとえ、想像にすぎなくても、わたしがお姫さまとして生きてみたいと思えるような、わたしなりのお姫さまを小説の世界で花咲かせたくなったのです。

以上がわたしのお姫さまシリーズ誕生の経緯です。

なお、この〝ゆめ姫事件帖シリーズ〟は、過去に〝余々姫夢見帖シリーズ〟として刊行させていただいたものを大幅改訂いたしました。

前シリーズでは姫が夢で見る事件の謎解きが主でしたが、今シリーズは恋愛と成長を大きな柱とする、ゆめ姫の生き方に重点を置いていく予定です。

類稀《たぐいまれ》な夢力を持つゆめ姫に、果たして平穏な幸福は訪れるのか？

いったい誰と結ばれるのか？

どうか、わたしと一緒に温かく見守り続けていただければ幸いです。

本書は、二〇〇七年九月～二〇一〇年一月の間に廣済堂出版より刊行された「余々姫夢見帖」全七巻から、タイトルを変更し、再構成した上で、全面改稿いたしました。

時代小説文庫
わ 1-34

ゆめ姫事件帖《ひめじけんちょう》

著者　和田《わだ》はつ子《こ》

2016年 3月18日第一刷発行
2017年12月 8日第八刷発行

発行者　角川春樹

発行所　株式会社 角川春樹事務所
〒102-0074 東京都千代田区九段南2-1-30 イタリア文化会館

電話　03(3263)5247［編集］　03(3263)5881［営業］

印刷・製本　中央精版印刷株式会社

フォーマット・デザイン＆シンボルマーク　芦澤泰偉

ISBN978-4-7584-3992-3 C0193

http://www.kadokawaharuki.co.jp/［営業］
fanmail@kadokawaharuki.co.jp［編集］ ご意見・ご感想をお寄せください。